ブッダの微笑み

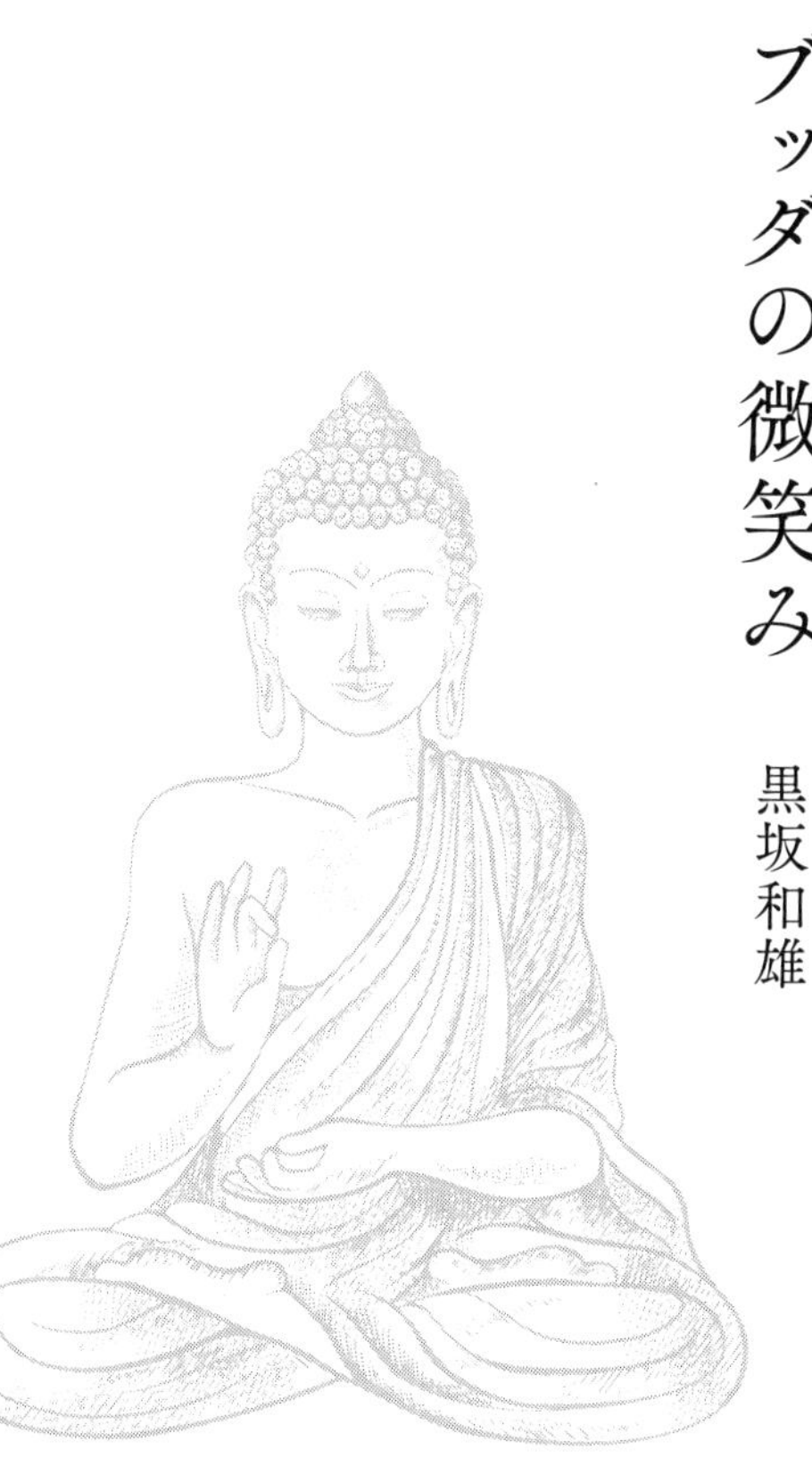

黒坂和雄

幻冬舎MC

目次

第一章 3
第二章 9
第三章 69
第四章 83
第五章 113
参考資料 127

第一章

今（令和４年）から60年も昔のことであるが、中田には20代の初め、得たいと激しく執着したものがあったが、どうしてもそれを得ることが出来なかった。得たいものを得られないということは苦しいことである。中田は、得ることが出来ないから苦しいのであれば、苦しみから解放される方法はただ一つ、得たいという思いを捨てることだ、という結論に達した。得たいという思いが無ければ得られないという苦しみも無い。このような因果関係に着目した考えは、お釈迦さま（ゴータマ・ブッダ。釈尊）の中にあったかもしれないということを中田は思い出した。

就職して大きな組織の中で働きだした中田にとって切なかったことは、「係長の指示を受けて同僚と共に仕事に邁進すればそれなりの評価を受けられるだろうと考える者は、人間を知らない青二才にすぎない」と知ったことである。課長が中田の上司の係長と反りが合わなければ、課長は、反りの合わない係長の部下に意地悪等をするかもしれない。組織においては、上に認められなければ梲（うだつ）があがらない。小中学生でさえ、同級生の悪（わる）や教師や親に勇気をだして対処しなければならないらしい。社会人は組織の中で生きるには、多くのことに少しも気を緩めないで仕事を進めなければならない。「心を乱さずに生きる智慧」というものはある筈である。そう考える時、中田は、又しても、ゴータマ・ブッダに行き着くのである。

その頃の中田は仕事から帰ると食事をするのも忘れて仏教に関する書籍を読みふけった。そんな時間があったから、かろうじて自分は社会人でいられたのだと思う。

ゴータマはそのような智慧をどのように説いたのであろうか。中田の知りたいのは「仏教」という教えではなく、ゴータマその人であった。ゴータマへの思いは中田の中で彌増(いや)すばかりであった。


定年退職後、中田は妻から、旅行会社から妻に送られてきた「こころの旅」というパンフレットの中で、仏教四大聖地巡りのツアーを募集しているということを知らされた。

中田はすぐに申し込んだ。インド仏蹟への旅は、心はゴータマと結びついているとさえ思われる中田にとって、故郷への回帰かもしれないのである。旅行会社の上得意らしい妻がいなければ、中田にそういう情報が入ることはなかったかもしれない。中田の妻は山と旅が好きだ。山は日本百名山を踏破している。旅で訪れた国は60以上にのぼり、海外旅行記『世界旅―俳句を添えて―』を自費出版している。パソコンに自分で文章と写真と俳句を打ち込み、印刷と製本は会社に依頼した。最初の句は次の通りである。

初旅や　雲の影ゆく　パルテノン

中田は、妻には、なにかと助けられている。その中には、2500年前の人物を知りたいという、中田の一途さがある。これだけでも、中田は妻には感謝しかない。

「わたくしが出家を決意したときのことを話そうではないか」中田がその声を聞いたのは、平成13年（2001年）3月、仏教四大聖地巡りツアーで訪れた、ネパールのルンビニーでのことだった。どこから聞こえてくるのか、それが何であるか、中田にはわからなかった。しかし止めようにも止められるものではないと中田は感じ、なすがままにまかせた。声の続きはルンビニーの遺蹟を見終わった後に記したい。

健脚であったゴータマにも老いが目立ってくる。ゴータマが故郷カピラヴァットゥに向かってゆっくりと最後の旅を続けている時であった。

80歳のゴータマは、当時のインドのパーヴァーという所で、鍛冶工チュンダから食事を受けて、激しい下痢が起こり、死ぬ程の苦痛が生じたという。食中毒なのか、毒を盛られたのかは分からない。ゴータマは血便を垂れ流し、何回も休憩をとりながら、侍者のアーナンダと共に、故郷のカピラヴァットゥへと歩みを続けたが、20㎞程進んだ、クシナーラーという所で力尽き、入滅した。カピラヴァットゥまでは直線距離で80㎞程であろうか。肉体的には苦痛な最期であったと思われるが、中田の幻影に現われるゴータマは微笑んでいるのである。

ゴータマ・ブッダ（釈尊）は、中村元（はじめ）（大正元年―平成11年）によると、紀元前４６３年に生まれ、３８３年、80歳で入滅している。仏教の開祖といわれているが、中田には、仏教の源流といったほうが相応しいように思われる。彼は臨終においてさえ、「仏教」というものを説かなかったと中村元の著書にはある。「ゴータマ」は氏族名で、固有名詞である。「ブッダ」は、（真理に）目覚めた人という意味の普通名詞であるが、仏教では、「ブッダ」はゴータマ・ブッダ（釈尊）をさす。「釈尊」は釈迦族出身の尊者という意味である。

第二章

一

中田（61歳）は、旅行会社の仏教四大聖地巡りツアーに参加出来たことを幸運だと思っている。四大聖地とはルンビニー、ブッダガヤー、サールナート、クシナーラーである。ツアーの参加者は女性5名、男性は中田を含めて3名であった。添乗員は30代の女性でインドへツアー客をつれていくのは初めてとのことであった。男性で中田は一番若いかもしれない。女性は20代と思われる人が2名、50代か60代と思われる人が3名で、そのうちの1人と20代の1人は、母と娘である。

平成13年3月、中田達はＪＡＬ４７１便で成田からインドのデリーに向かった。窮屈な飛行機の中で時間が過ぎて、ふと、窓の外を見た中田は、ああ、インドは間近だと感じた。白い帯が横にどこまでも続いている。世界の最高峰８０００ｍ級のヒマラヤ山脈である。同山脈はインド、ブータン、ネパールに連なり、東西２４００㎞にも及ぶという。輝いて白く見えるものは雪だ。ヒマラヤ山脈は、もともと南にあったインドが北上して３０００万年前にアジア大陸にぶつかった時にできた皺だそうで、インドは今でも北上を続けており、無理やりアジア大陸の下に分け入ろうとしている、という。

地球は一番外側に地殻があり、その内側がマントルで、これがいわゆるマントル対流という熱対流をなしているという。大陸や海底からなる地殻全体がマントルの上に浮いている、という。

諸大陸はジュラ紀（今から約1億8000万年前―3500万年前までの間）まで一つになっていたが、次第に分かれて現在のようになった、という。この大陸移動の鍵を握るのがマントル対流であるそうで、2億年後、現在の大陸もまた一つになる、という。

機の高度は9000m、エベレストの頂上よりも高いところを、この金属の物体は時速700km程でデリーに向かって飛行を続けている。金属の物体が何故意志を持っているかのように飛行を続けることができるのか。縁起説でいくと次のようになろう。この物体は飛行を続ける原因と条件が揃っているから飛行を続けているのであり、その原因と条件が変わって、降下する原因と条件になれば降下を開始する。

夕刻、飛行機はデリーに着いた。9時間余りの飛行であった。時差は日本より3時間30分遅れなので、日本では夜の9時頃であろう。入国手続きが終わって中田達は一先ず待合室に腰を下ろした。ここは日本ではないということをまず実感したのは、テロリストに資することを防ぐために、空港は写真撮影が禁止されている、ということであった。また、日本の雰囲気とは明らかに違う。すべてが頑丈、重厚という感じを受ける。繊細ではない。

中田達は専用のバスでホテルに着いて、それぞれのスーツケースを受け取り、各人の部屋に入った。この年の旅は中田は一人部屋であった。

夕食はバイキングであった。水道水は飲まないこと、ボトル入りのミネラルウォーターを飲むこと、生野菜、サラダ、カットフルーツ、アイスクリーム、ヨーグルトは控えること等は日本で事前に説明を受けていたが、バイキングは物珍らしいものが所狭しと並び、ケーキ等の菓子類もふんだんにあった。中田は食欲に抗しきれなかった。中田はまだこの時、外国での食事の鉄則を身につけていなかった。ベテランは外国では腹6分目を守るという。旅の疲れや、日本では口にすることがない強い香辛料のためだったのだろう。後日、下痢が続き、ツアーの一部を諦めなければならなかった原因は初日にあったのである。

インドの人口は2022年、14億1200万人、世界最大の民主主義国家である。人口は2023年には中国を超えて世界最多になるとの見通しを、国連は明らかにした(2022年7月)。又、インドは、広さ、人口、文明の歴史においてもヨーロッパに匹敵するといわれている。生活様式がいろいろで、古いもの新しいもの高いもの低いものが渾然としており、多様性を活かす文明であるという。また、インドは、地球国家の実験を、意識している、していないにかかわらず、行っているのではないか、気が付いたら現生人類のトップを走っていた、ということにもなりかねない、ともいわれている。異民族を同化抹殺し、「たった一つの声」ですべてを決める全体主義とは対蹠的である。

現代のインドにおいて日本人が決して忘れてはならない人物の一人は、極東国際軍事裁判（東京裁判）のインド代表判事をつとめたラダビノード・パール博士（１８８６年―１９６７年）である。博士は東京裁判の判決書の中で、大東亜戦争における日米交渉について、結論として、次のように述べている。

「……証拠は、日本はアメリカとのあらゆる衝突を避けるために最大の努力を行ったこと、しかし、徐々に展開して行った事情により日本が採った致命的な措置へと日本は追いやられたことを本官に納得させている。（都築陽太郎訳）」

昭和23年東京裁判は終わった。その後再度来日された博士は歓迎会の席上、ある日本人が「同情ある判決をいただいて感謝にたえない」と挨拶したところ、ただちに発言を求め、「真実を真実と認め……私の信ずる正しい法を適用したにすぎない。」と述べたそうである。法の尊厳を守ったにすぎないというのである。

令和４年２月、ロシア軍がウクライナに侵攻した。これは単に東欧の小国で起きた危機ではない。公然と開始されたヨーロッパへの侵略なのだ。力による領土の拡大という欲望は、法と正義のかけらもないといわれている。アジアでは、全体主義によって、同様のことが既に行われている。パール博士の理念は、21世紀の今、いよいよ金剛石のような光を放ち始めた、といえないであろうか。

二

平成13年のツアーで訪れたネパールのルンビニーについて書き進めたい。ルンビニーは仏教4大聖地の一つである。ツアーには現地での案内人G（インド人の男性、40代か）が加わった。Gは言った。「お釈迦様が皆さんをインドへ呼んだのだ。だから皆さんはインドへ来ることが出来た。心がなければいくら金があっても出来ない。」心があっても金があっても、インドの仏蹟へ行けない。「時代と国籍」が条件に加わるのである。中田は今の日本に生まれたことを感謝している。有史以来、父祖が独立のために戦った、日本の独立が続くことを願っている。「付け火して　祖国焼きたい　回し者」と「名もいらず　命もいらぬ愛国者」と、前者の声が姦（かしま）しいが、まともな日本人のほうが多い、と中田は思っている。Gはまた、日本での体験として、「大阪から東京へ新幹線で行こうとして、発車時刻に1分遅れてホームへ着いたら、列車は既に発車した後だった。インドでは30分や1時間は遅れのうちに入らない。何時ぞやの日本からのツアーでは、列車の出発が24時間遅れた」と言った。24時間の遅れは勘弁してもらいたい。

ネパールのルンビニーへはバスで向かった。バスは冷房がよく利いていた。３月で冷房なのである。高速道もバスは走った。片側一車線で、道の両端は１ｍ程舗装されておらず、砂利が敷いてある。牛が高速道を横切ることもあった。自転車も走っているし、人も歩いている。車は右側通行で、バスは果敢に前の車を追い越して走った。追い越すには、当然、対向車線に入らなければならず、対向車とかなり接近してから、危機一髪という感じで右側の車線に戻っている、と中田には見えた。これではいつ正面衝突しないとも限らず、シートベルトは無いし、お陰で、眠気に襲われることはなかった。

Gによると、道路や橋の整備に日本仏教界は多大な貢献をしているという。中田は今回のツアーで日本仏教界の底力を随所で知らされることになる。

日本人はインドへ入るにもネパールへ入るにもパスポートとビザが必要であった。インド人、ネパール人は互いにパスポートもビザも不要で、中田たちがバスでやってきた、インドとネパールの国境では、道路の或る地点を過ぎると、そこがネパールでありインドであり、両国の人々は自由に国境を往き来していた。インドの出入国管理事務所とネパールのそれが道を挟んであった。建物の前でバスが止まり、添乗員のUと現地ガイドのGが中田たちのパスポートとビザを集めてインドの事務所へ入っていった。程無く出てきた二人はネパールの事務所へ入っていった。中田はバスの窓から道を行き交う人々を眺めていた。インド人であろう、美しい二人連れの女性が、ネパールからインドへ通り過ぎていった。既婚の女性は額に赤い印をつけているという。彼女たちは結婚しているということになる。30分ほど過ぎてUとGがバスに戻った。入国OKだという。

バスでUは言った。「ネパールの職員にボールペンでも何でも差出せばもっと早く入国OKがでたのだろうが、そういう添乗員もいるが、私はそういうことはしない。」

バスはルンビニーのホテルに近づいていた。遠くに夕陽が沈もうとしていた。道の両側は草木で覆われ、電柱が建ち、送電線が続いていて、中田が育った山野を連想させる。ただ、道路はここのほうが広かった。10年前はルンビニーにホテルはなかったという。ルンビニーに向かう道も日本仏教の関係者が整備したという。お陰で今回のバスツアーが可能なのである。

ホテルのフロントの若い女性は、一人はインド人、一人はネパール人だと思えた。二人とも知的な美人である。今日はいい日だ。平屋の建物の長い廊下を回って、中田は自分に当てられた部屋に入った。日系のホテルだとは思っていたが、全く純日本式の作りで、部屋は6畳の和室であった。建具は障子で、浴槽は肩までゆっくり浸かる深さがある。

第二章

和食の食事が終わって部屋に戻ると、寝具が敷かれてあった。日本の布団であり日本の枕である。机に仏教伝道協会の『和英対照仏教聖典』が入っていた。

眠りに落ちて……どういうわけか、中田は昔の職場で自分の机を捜していた。自分の席には見知らぬ人がいて、どこにも中田の席は見当たらない。……夢だったのだ。もう関わりのない昔の職場の夢など、ルンビニーまで来て何故突然見たのか、全く分からないのだが、事実なのである。中田はいつか眠っていたが、ふっと、眠りから覚めた。と、「なんみょーほーれんげーきょー」という声が聞こえてきた。それと共に、ドーン、ドーン、ドーン、という太鼓の音がしている。声は、正確に、力強く、中田には心地よく響いてきた。プロだ、と咄嗟に思った。僧侶の声と太鼓の音は次第に小さくなっていって、数分と経たないうちに消えていった。時計を見たら4時30分であった。

うつらうつらしていると、再び「なんみょーほーれんげーきょー」という声と太鼓の音が小さく聞こえだした。中田は起きて障子を開け、庭の外を見た。近くの道を3人の僧侶が一列になって左から右へ足速に通り過ぎていった。先頭の僧侶が太鼓を叩いていた。5時55分、夜明けの気配であった。中田はそのままホテルの庭を眺めていた。ふっと、目の前で、庭を照らしていた螢光灯が一齊に消えた。いつか朝なのである。緑の庭は静かで喧噪とは無縁であった。目の前右に、別の平屋の建物が見え、広い庭は右に広がっている。

中田は朝食の時、隣の席のＮに、明け方の太鼓の音を聞いたことを話してみた。Ｎも聞いたようだったが、中田のような興奮はなかったらしい。Ｎは関東で農業をしているそうで、海外のツアーを楽しみに仕事をしているという。海外では腹6分目ということを中田に教えてくれたのはこの人であった。

ルンビニーはネパール南部のタラーイ盆地にあり、亜熱帯で、標高は２００ｍくらい、１９９７年、ユネスコの世界遺産（文化遺産）に登録されている。

朝食が済んで中田たちはバスでルンビニー園の遺蹟に向かった。バスはわずかの時間で駐車場に着いた。バスを降りて中田はルンビニーの空気を胸一杯吸った。駐車場の回りには数珠や小さな仏像や絵葉書等を売る露店が沢山並んでいる。木々は見えたがビルの建物は視界に入ってこなかった。遺蹟は、はてしなく広い、ゆったりとした公園のように感じられた。中田たちは、まず、白い外壁のマーヤー夫人（ぶにん）堂に入った。中は10人も入れば一杯である。中央の像は、14世紀であろうか、イスラム教徒により破壊されたという。右端に浮彫があった。レプリカであるが、ゴータマの生母マーヤー夫人、その右に、右手を天に向け左手で地を指差した子供が彫られている。生誕直後のゴータマである。

そこを出て敷地を歩いた。通路には石が敷かれていて、褐色の煉瓦を積んだ、建物の土台のようなものが散在していた。

四方に枝を伸ばしている菩提樹の大木があった。樹から何本もの綱が放射状に張られ、綱には四角い小さな旗が間隔を空けずに下がっている。タルチョという、チベット仏教の祈禱旗であろうか。

樹から10ｍほどのところに、長方形の、石で縁をとった池があった。ゴータマの産湯に使った池だそうで、後世に整備されたものであろうが、１９３１年に発掘されたそうである。

アショーカ王（紀元前３０４年―２３２年）の建てた石柱が石畳の中にあった。アショーカ王はインドにおける最初の古代統一帝国をつくりあげたマウリヤ朝（紀元前３１７年―１８０年）第三代の王で仏教を保護した王として知られている。石柱の高さは７ｍ程で、パーリ語で「シャカムニ（釈尊）はここで生まれた」と書いてあるという。この石柱が発見されたのは１８９６年であるという。

中田は不意に、自分の意識がどこか一点に吸い込まれていくような静寂に包まれた。中田は自分に働きかけてくるものを感じた。それが何であるか、どこから来るものか、中田には分からなかったが、来るに任せた。止められるものではないということを中田は知っていた。以下は中田の幻影に現われたゴータマの言葉である。

「わたくしの出家の決意が固いと知った妻のヤショーダラーは、わたくしを罵倒した。養母のマハープラジャーパティーは、呼吸を止めたかのように、わたくしを見詰めるばかりであった。父のスッドーダナの目は静かだった。『そうか……やはり……出家に活路を見出すか……』父はわたくしが父の役に立たないことは知っていた。父は語りだした。『お前はよく喋る活潑な子だったが血を見ることが嫌いだった。武器をとって戦うことには向かない。お前が8歳の時だった。ある朝、高い熱を出して意識を失った。毒を盛られたような、突然の病であった。熱は三日三晩続いた。お前の母のマハープラジャーパティーは食を断って、お前の足の裏を揉み続け、お前の意識が戻るよう祈り続けた。お前を診た医師は覚悟を決めるようわしに告げた。生みの母でも自分の命と引き替えに我が子を守るとは限らぬ。マハープラジャーパティーがいなかったら今のお前はここにいないかもしれぬ。お前には、お前の生みの母の妹だが、マハープラジャーパティーという立派な母がいるのだ。お前は思っているかもしれぬ。〈子供は母に甘えて育っていく。自分は生みの母を知らない。母の胸に抱かれて満たされるということがなかった。〉と。また、〈自分が生まれなければ、母のマーヤーは若い盛りに死ぬこともなかったのではないか。〉と。マーヤーは旅の途中での難産がこたえたらしい。生まれた者が死んでゆくのは、早い遅いはあっても、世の習いだ。』」

「わたくしを翻意させることは出来ないと知ったヤショーダラーは、わたくしを罵倒し続けた。『主の責任を捨て、おのがしたいことだけをする、ならず者、人非人。働かずに乞食によって生きるとは、ゴータマの家門を汚す、恥知らず、怠け者。乞食は、人からの恵みがなければ、餓死するしかありません。出家は、暑さ、寒さに耐え、野獣等を恐れながら、木の下、石の上に臥すとか。病に倒れたら死を待つしかありません。そんな最下層の生活に何を好んで……。愚か窮まりない。冷酷な父親を持ったラーフラが不憫でなりません。ご自分はおとうさまから掌中の玉のように育てられ、一族の古老について、武術はもとより、人の道についても薫陶を受けながら、我が子は捨て去って顧みない。ラーフラは父親がいなくてどのような子に育つのでしょうか。誰から財産を受け継ぐのでしょうか。』ヤショーダラーは言うだけ言うと、次第に自分を取り戻してきたようであった。『今になれば分かります。あなたは、マガダの都のラージャガハ（漢訳・王舎城）に行くコーサラの商人をよく招いて、話を聞いておりました。慎重に考え抜くあなたが、ただで食べられるからといって出家するのではないことは分かります。コーサラのサーヴァッティーよりもマガダのラージャガハのほうがバラモンの力が弱く、自由に行動できる、というようなことも商人が囁いたのでしょう。』ヤショーダラーは、ふっと微笑むと、包むようにわたくしを見た。わたくしが16の時ヤショーダラーはわたくしのところへ来たのだが、こんな、母のような、大人びた甘い風情をわたくしに見せたことはなかったような気がする。『わたしはあなたに罵られたことも叩かれたこともありません。わたしはラーフラを身籠った時は、はっきり分かったのですよ。わたしはあなたの女ですから。お望みなら、あなたの奴隷のように、あなたの母になることも出来るのですよ。これからわたしの部屋へまいりましょう。ラーフラは眠っております。あなたはわたしのものですよ……。あなたはわたしのものですよ……。』

「明朝は家を出るという日の夜、わたくしは父に呼ばれた。コーサラが信じるのは力だけだ、コーサラを決して信じるな、というのがシャカ族の施政者を勤めた父の覚悟であった。『シャカ族は力を合わせて林を切り開き、水を引いて、米を作り、飢えを心配しないで済むまでになった。この豊かな土地をコーサラは見逃す筈がない。シャカ族は太陽の末裔だという傲慢なところがある。これはコーサラに攻撃の口実を与えかねない。攻撃されたら、シャカ族はコーサラの敵ではない。無謀な戦いには反対だ、と呪文を唱えていればコーサラは攻めてこないか。戦いは悲惨だから決してしてはならない、と願望を叫んでいれば相手は襲ってこないか。彼ら、コーサラの回し者に騙されてはならぬ。』父は言葉を止めなかった。『お前は、小さな虫が小鳥に啄まれ、その小鳥が大きな鳥の餌食にされるのを見て不安になったが、人も同じことだ。小さな種族は力のある種族に征服され、力のある種族も大きな国に征服される。その大きな国でさえ、いつ大国に滅ぼされるか、誰にも分からない。もっと大きな心配がある。コーサラの力を借りてシャカ族の支配者になろうというシャカ族がいることだ。シャカ族が分裂して弱くなることはコーサラの望むところだ。コーサラに対抗できる国はマガダだが、マガダは遠すぎる。コーサラがシャカ族を征服したら、コーサラに内通しているシャカ族の輩は、コーサラに真先に殺されよう。家族さえ信じないコーサラは、同胞を裏切るシャカ族の内通者を信用してはいない。内通している輩の顔をよく見るがよい。彼等の表情はどことなく暗い。どことなく険しい。腐ったような眼をしていて、額に皺を寄せて、抑揚のない声で囁くように話すが、目は伏せている。自分の言っていることが嘘であることは承知している。その嘘を突かれても、平然と自己の主張を繰り返す。彼らの話で捏造されていないものがあるか。彼らの約束は相手を油断させるための手段で、守る気は無い。コーサラは西からやってきた。土地を奪い、支配地を広げていった。彼らは、逆らう者は同胞でも躊躇なく殺す。何の痛みも感じない。彼らは毒殺に長けている。彼らの使う毒草は激しい下痢を伴うそうだが、すぐには死なないようだ。彼らは自分たちは選ばれた生まれであると思い上がって、回りを見下す。彼らの征服欲には〈足るを知る〉ということがない。すべての土地は彼らのものだと思い上がっているかのようだ。彼らが、シャカ族の内通者の手引で、シャカ族の若者をかどわかしていることは公然の秘密だ。取り戻すには武力しかないが、シャカ族の武力では難しい。コーサラには〈人の道〉という言葉はない。お前は、師のヴィシバーミトラから、シャカ族に伝わる戒めを厳しく教え込まれた筈だ。人を傷つけてはならぬ、与えられないものを取ってはならぬ、シャカ族の恥になるようなことをしてはならぬ……。行け。お前はお前の闘いを闘え。』

後で知ったことだが、父はコンダンニャに、わたくしから目を離さないよう頼んでいたらしい。コンダンニャは母を亡くし、出家に傾いていたのだ。わたくしはコンダンニャとはよく遊んだ。彼の母はコンダンニャに与えるばかりで、彼から奪うところをわたくしは見たことがなかった。わたくしの母も元気でいてくれたら、あのような包みこむような目でわたくしを抱いてくれたのであろうか。それはどのようにわたくしを安心させたであろうか。」

「出発の前夜、ヤショーダラーは理髪師のウパーリをわたくしにさしむけた。わたくしは剃髪した。ヤショーダラーは袈裟衣をわたくしに渡した。」

「出立の早暁、父はわたくしに馬を用意していたが、わたくしは有難く断わった。ヤショーダラーはわたくしに水と食べ物を持たせた。わたくしを見送ったのは、ほかにはマハープラジャーパティーであった。父とヤショーダラーは無言であった。わたくしも無言であった。マハープラジャーパティーは泣いていた。

わたくしは歩き始めた。風は涼しかった。歩き続けてからわたくしは一度だけ振り返った。まだわたくしを見送っている一人の姿があったが、遠く、小さく、それが誰であるかは判別できなかった。わたくしは煩わしいものを捨て天涯孤独となった。それはわたくしのかねてからの望みであった。乞食(こつじき)に身を落として、よし、落命の危険があっても、わたくしには遣り遂げたいことがあるのだ。」

三

紀元前434年頃、故郷のカピラヴァットゥを後にした29歳のゴータマは、まず、当時のインドの強国マガダの首都ラージャガハを目差したといわれている。ラージャガハは仏教の8大聖地の一つである。カピラヴァットゥからは、途中、ガンジス河の左岸（北岸）から右岸に渡って、実際の路程は650km以上あるそうで、食を乞いながら一日30km歩いたとしても、22日はかかる計算になる。ラージャガハは、今はラージギールと呼ばれているが、周囲は五つの山に囲まれている天然の要塞であった。五山の一つがギッジャクータ（鷲の峰。漢訳・霊鷲山(りょうじゅせん)）である。ラージャガハは、当時、インド最大の都市であったという。そこで托鉢するゴータマの姿はマガダ国王ビンビサーラの目にとまり、武人として王に仕えるよう声をかけられたが、ゴータマの関心は覇権にはなかった。

幻影が中田に入ってくる。幻影がゴータマの言葉となって語り始める。

「わたくしはラージャガハで、バラモンを批判する多くの出家修行者と交わった。彼らは、バラモンの〈バラモンは生まれながらに人間の最高の階級であり、バラモンだけに神の教えを伝え、バラモンだけが祭式を行って心身を清めることが出来る。〉という主張を認めない。その点はわたくしも同じであったが、出家修行者の或る者の主張は、わたくしの同意できるものではなかった。

『人を殺しても、与えられないものを奪っても、他人の妻と通じても、嘘を言っても、何ら罪悪ではない。』」

「わたくしは或る日、行乞中に、コンダンニャとよく似た沙門と擦れ違った。立ち止まって振り返ったわたくしに、相手も歩みを止めて、わたくしに顔を向けていた。コンダンニャだ。コンダンニャはわたくしを追うようにしてラージャガハに来たとのことであった。わたくしはコンダンニャと竹林に向かった。そこにはコンダンニャと修行を共にしている、4人のシャカ族の若者がいた。バッディヤ、ヴァッパ、マハーナーマ、アッサジであった。

コンダンニャはわたくしの父からの伝言として、『急がず、休まず行え』と伝えた。コンダンニャは昔からせっかちなところがある。伝言のそばから、安らぎを教えてほしいと切出した。そのようなものがあるなら教えてほしい、とわたくしはコンダンニャに問うて、二人で笑った。」

「わたくしが以前に訪れた二人の仙人のことを話すと、コンダンニャ達は様子を聞かせて欲しいと言いだした。問われるままに、わたくしはまず、アーラーラ・カーラーマに何を学んだか話した。彼は〈自分に属するものは何もない〉という無の境地を目差していた。わたくしたちは何一つ所有していないとして、ではどうしたら安らかな心で生きることが出来るのかと師に問うたが、アーラーラ・カーラーマは『世間に対する欲望を捨て去って無一物に徹することだ。』と答えるばかりで、わたくしの問いに答えることはなかった。わたくしはこの師を去った。ウッダカ・ラーマプッタは『考えるのではなく、考えないのでもなく、心を静めて自分に集中していることが大切だ。』と説いた。確かに、自分に集中していれば瞬時に行動できる。ではそれによってどのようにしたら安らぎを得ることができるのか師に問うたが、師は精神統一の大切なことを繰り返すばかりであった。わたくしはこの師からも去った。このうえはわたくしは今以上に苦行に徹して、肉体の力を弱め、熱き力を身につけ、自ら知るしかないのであろう。わたくしの話を聞き終わったコンダンニャ達は、目を輝かせて、わたくしと共に苦行を続けたいと申し出た。」

ゴータマはラージャガハから70㎞程南西にあるガヤーに向かい、更にガヤーから11㎞程南のウルヴェーラー村で苦行に入ったといわれている。ガヤーは本来、ヒンドゥー教徒の三大聖地の中心地だそうである。ウルヴェーラー村は、現在、ブッダガヤーと呼ばれており、ゴータマ成道の地として、仏教の4大聖地の一つである。ネーランジャラー河の左岸にある。この河は、やがてガンジス河に注ぐ。

ツアーでは、ラージギールから専用バスでブッダガヤーに向かった。ここがブッダガヤーと言われて、中田達はバスから降りたが、そこは一面の田園風景で、建物は見当らない。目の前がネーランジャラー河であると言われたが、冬のせいか、河と覚しいところには水は全く無く、砂地であった。ネーランジャラー河の岸辺の村は、写真で見ると、緑に恵まれ、静かなたたずまいである。ゴータマの当時とそう違っていないとすれば、この岸辺は瞑想に相応しかったのであろう。

中田たちは再びバスに乗って、ブッダガヤーの大塔の見えるところで降りた。この大菩提寺はブッダガヤーのマハボディ寺院の建造物群として、２００2年、ユネスコの世界遺産（文化遺産）に登録されている。大塔の入口の広場は、露店等で賑わい、土産物店が連なり、アジアの巡礼者、観光客のほかに、僧侶の姿が目立った。チベットの僧侶が多く、彼等は一目で分かった。中田達は人混みの中を、人の流れに乗って大塔に向かった。大塔は高さ54ｍの四角錐である。玄奘三蔵（６０２年―６６４年）が訪れた7世紀には、ほぼ現在と同じものが建っていたそうであるが、明治16年頃は僅かにその突端を地上に現していただけであったという。牛歩のような流れに乗って中へ入ってゆくと、正面に、8世紀から12世紀のものとされる輝く仏像が見えたが、中はひどい渋滞となっており、仏像に着くまでにバスの集合時間がきてしまいそうで、中田は諦めて入口で合掌してそこを出た。大塔の西側に一本の菩提樹が聳えており、その下に金剛宝座（こんごうほうざ）がある。縦１４０㎝程、横２４０㎝程の長方形の石板で、アショーカ王時代のものだそうである。ゴータマはここで吉祥草を敷いて、その上に坐して正覚を成就したという。その場所に金剛宝座はつくられた。ここそこ、仏教徒だけのものではなく、現生人類の最大の遺産ともいえるものである。その金剛宝座に近付けないのである、人がその回りに多すぎて。ゴータマ成道（覚り）の場所のたたずまいに浸りたくてツアーに参加しながら、叶わなかった。

ブッダガヤーで２０１３年、爆弾テロが起こる。２名のビルマ人、チベット仏教僧侶を含む5名が負傷した。

バスに乗って、中田たちは大塔から直線距離で２㎞程にある、印度山日本寺に向かった。

その日はブッダガヤーに泊まった。ホテルの窓から外を見たが、一面の田園風景であった。

幻影が中田に入ってくる。幻影がゴータマの言葉となって語り始める。

「わたくしは遙かに輝く雪山を眺めていた。カピラヴァットゥで、小さい頃から、一人、時間を忘れて仰ぎ見た、あの雪山であった。わたくしは雪山に向かって歩きだしていた。すると不意に、怒ったような女の声が聞こえてきた。

『帰れ。ここはまだお前の来る所ではない。』わたくしは声にひるんで歩みを止めた。遠くわたくしを呼ぶ声がする。『ゴータマ……ゴータマ』今度は男の声だ。ぴたぴたぴたぴた、わたくしは頬を叩かれていることに気が付いた。

『おお、気が付いた。』コンダンニャであった。わたくしはピッパラ樹の下に寝かされていた。人事不省に陥ってコンダンニャに助けられたのはこれが初めてではなかった。

わたくしの苦行はコンダンニャたち5人のうちの一人によって父に報告されていた。ゴータマは命を落としたと誤って伝えられたこともあったらしい。最近の父の伝言は『死んではならぬ、生きて闘え』というものであった。わたくしはどうしても食欲を無くすことは出来ない。それはわたくしが生きたいと望んでいることにほかならない。わたくしは、だから、食欲を抑えることは、苦行の中でも最も厳しい苦行であると考えた。このことはコンダンニャも理解していた。食を抑えて、ある時期になると、わたくしは決まって意識を失った。コンダンニャたちがいなかったら、そのまま目を覚まさなかったかもしれない。コンダンニャはわたくしの上半身を起こし、ピッパラ樹に寄り掛らせた。コンダンニャは鉢の中の粥をわたくしに勧めた。遠く四足獣の咆哮のようなものが聞こえ夜が支配する時刻となった。あたりはいつも何かざわざわと聞こえ静寂はなかった。食し終わり、いつかわたくしは眠っていた。

気が付くと、朝の光がわたくしにも差し始めていた。わたくしの体は苦行と絶食で、骨があるためにこれ以上痩せられないという有様であった。食べなければわたくしの体は持たない。と、わたくしに降り懸かる光が遮られた。目の前に娘の素足があった。このところ毎朝のようにわたくしに乳粥を持ってやってくる娘であった。わたくしはこの時も乳粥を受けなかった。いつもは諦めて帰っていく娘が今朝はわたくしから去らなかった。娘はわたくしの横に跪ずくと、わたくしの背に腕を回し、乳粥をわたくしの口に近付けた。娘の匂いがわたくしにかかる程であった。ふと、わたくしは背後に人の気配を感じた。振り向くと、呆然としたような表情でコンダンニャが立っていた。コンダンニャはわたくしが声をかける暇もなく、踵を返すと足速に去っていった。わたくしは立ち上がって追おうとしたが、娘の手がわたくしの膝を押さえた。わたくしには娘の手を撥ね除ける体力がなかった。『道の人よ』娘がわたくしに声をかけたのは初めてであった。娘はわたくしの目を見て話し始めた。瞳の涼しい、利発そうな娘だ。

『道の人よ、生きて、間違いを正して下さいませ。あなたを見ると、わたしは、母の自慢の息子であった兄を見る思いが致します。』娘は涙ぐんでいた。

『あなたは苦行を程々にしなければなりません。わたしの兄のように命を落とします。兄は欲望を絶つという苦行を続けました。それは食欲を絶つということでした。食を絶って命を保つ道理がありません。母が言うには、体は食べ物でできているのです。気が付いた時には、もう兄の体は食べ物を受け付けませんでした。苦行に囚われ、苦行しか見えなかった、と母は嘆きました。苦行しながらも元気な人は、必ず、隠れて食べていると母は言っております、真面目な兄はそれが出来なかったとも。母が申すには、自分程大切なものはどこを捜しても見つけることは出来ないそうでございます。それを何故、敵（かたき）のように、命よりも苦行とやらのほうが大切だとでもいわんばかりに、痛め付けるのでしょうか。道の人よ、どうぞ召上れ。御自分で御自分を殺してはなりませぬ。お母さまが悲しまれましょう。あなたのお母さまは、苦しい思いをして何故あなたをお生みなされたのでしょう。あなたの出家に、お母さまは反対なされませんでしたか。母は苦行を、女はあんな間抜けなことはしない、とまで呪いました。道の人よ、あなたはわたしの兄に似ております。兄は優しかった。わたしをかわいがってくれました。わたしは何も分からない子供の頃、兄のお嫁さんになるのだと……。』娘はわたくしを見て微笑んでいる。娘はわたくしに乳粥を差し出した。わたくしはそれを受けていた。娘は翻すように去って行った。わたくしは、ふと、わたくしの母もあのような物怖じのしない人だったのだろうか、母がわたくしに乳粥を作ってくれたのであろうか、と思った。乳粥は甘く暖かく、わたくしの体に染みた。わたくしは苦行に入ってから6年になる。わたくしには疲れが溜まっている。この体では苦行を続けていくことは出来ぬ。何故苦行をするのかということをもっと考えなければいけなかった。苦行には何の利益もなかった。苦行から離れるべきだ。安らぎを得るには、きっと他の方法があるのだろう。娘は毎朝のように乳粥を持ってきてくれた。わたくしは、いつか娘と言葉を交わしていた。娘は20歳、スジャータといい、父は村の長（おさ）であったという。苦行を離れて、わたくしの体は乳粥によって日に日に回復した。

娘と話している或る朝であった。コンダンニャを先頭に5人のシャカ族の若者がわたくしの前に立ち塞がった。わたくしは彼等の怒りを知った。コンダンニャが切り出した。『ゴータマは苦行で命を落とした、修行者の鑑であったと、そなたの父には報告しよう。シャカ族から堕落した沙門を出さないために。命を落とした者がカピラヴァットゥに現われることはあるまい。それでは、我等が嘘の報告をしたことになる。我等はこれから、ヴァーラーナシーのミガダーヤ（漢訳・鹿野苑（ろくやおん））に行く。そこには苦行を厭わない聖者が集まっていると聞く。堕落した者と一所では我等も堕落する。我等は、ゴータマが堕落したバラモンを超え真のバラモンになるであろうことを、片時も疑ったことはなかった。ゴータマの教えを聞くことが我等の喜びの筈であった。』友は去り、わたくしは一人になった。」

「わたくしはネーランジャラー河で体を洗った。瞼に、カピラヴァットゥで見る、あの遠く高く輝く雪山が浮かんできた。昔から、雪山を見るとわたくしの心は躍った。コンダンニャたちが去り彼等に気を使うことはなくなった。苦行をしなければならない、という思いからも解放された。もうこれからは自分の心に聞けばいいのだ。

わたくしはピッパラ樹の下に吉祥草を敷き坐った。わたくしはほとんどここを動かなくてよかった。スジャータが毎朝、乳粥を持ってやってきてくれたからである。

堅実な世界はどこにもないということは、わたくしはカピラヴァットゥに居た時から気が付いていた。安全な場所、安心して住める所など、どこにもない。どこにいても、いつ病（やまい）に取り付かれ、死がやってくるか、人々は不安に戦（おのの）いている。また、一つとして同じ姿を留めているものはない。自分のものと思っていても、時と共に過ぎ去ってゆく。そして、自分が得たいと思うものは、なかなか手に入らない。苦しみを減らすには、得たいという思いを減らすしかない。得たいという思いがなければ、得られないという苦しみもない。それもこれも、わたくしがここに居て、そう考えるからである。わたくしがここに居るのは、自分の命と引き替えてまで、母がわたくしを生んでくれたからである。

　明け方の明るい星が出ている。星は朝が近付くと一斉に消える。消える条件となったからだ。わたくしは生まれる条件が揃ったから母から生まれたのだ。条件が揃わなければ、わたくしは生まれることがなかったのだ。わたくしは物の成り立つ様に気が付いた。世にあるものは条件に縁って生じるのだ。だから変化してやまないのだ。

『ゴータマさま、ゴータマさま』女の声にわたくしは目をあけた。乳粥を持ったスジャータであった。『よほど嬉しいことがありましたのね。そんな幸せそうなあなたのお顔を見たことはございません。教えて下さいませ。わたしにも分けて下さいませ。』スジャータは乳粥を置くと翻えすように去っていった。

　条件に縁って生じるという、その条件を、わたくしは変えることができない。世にあるものは条件によって変化し続けるだけのもので、自分のものとすることは出来ない。過ぎ去ったことは今はどうにもならない。先のことは、まだ来ないのであるから、今はどうすることもできない。目の前にある今のものだけが、わたくしが関わることが出来るものということになる。

わたくしはアーラーラ・カーラーマの凄さと、わたくしの未熟を知った。師はかつてわたくしに言った。『自分に属するものは何もない。世間に対する欲望を捨て去って、無一物に徹することだ。』欲望の対象は条件に縁って生じ条件に縁って滅する無常のものであるならば、そのような不実な、当てにならないものに執着することは、理を知らない愚か者ということになる。変化してやまない、有りの儘の目の前のものに対処するしか、生きる道はない。その中で安らぎとは何か、求めるしかない。

また、わたくしはウッダカ・ラーマプッタの凄さと、わたくしの未熟を知った。師は、かつてわたくしに言った。『考えるのではなく、考えないのでもなく、心を静めて自分に集中していることが大切だ。』これは妄想することなく、今の目の前のものを観ることに心を集中して、それに対処するということである。わたくしはピッパラ樹の下で幾日も過ごした。〈世にあるものは条件によって生じる〉という、わたくしの発見した理法は、間違いないであろうか。アーラーラ・カーラーマとウッダカ・ラーマプッタが、わたくしの発見した理法を認めてくれれば、わたくしは自信を持って、コンダンニャ達に話すことが出来る。彼等が理解し納得してくれれば、わたくしは再び、得がたい友を持つことになる。」

四

条件によって生じるということを、シナ人は〈縁起〉と表現した。〈縁(よ)りて起(おこ)る〉と読む。凡てのものは因縁によって生じ、因縁によって滅する、ということである。

アーラーラ・カーラーラーマとウッダカ・ラーマプッタは既に亡くなっていた。ゴータマはコンダンニャ達のいるヴァーラーナシーのミガダーヤを目指す。ここは現在、サールナートと呼ばれているので、本書では、以下、サールナートと表示する。ブッダガヤーからサールナートまでは約２５０㎞ある。サールナートはゴータマが最初の説法を行った初転(しょてん)法輪(ぼうりん)の地として、仏教の四大聖地の一つである。

ツアーでは中田たちは近くの駐車場でバスを降り、遺跡が並ぶ広大な公園に入った。遺跡は紀元前3世紀から紀元12世紀にわたるという。一際目につくのが、高さ32ｍの巨大な円錐形状のダーメークストゥーパである。近くにあるのは僧院の遺跡であるという。中田たちは、通称「日本寺」と呼ばれる転法輪寺(てんぽうりんじ)に入った。スリランカの大菩提会によって１９３１年に建設された寺院だそうである。内部壁面に、日本画家の野生司香雪(のうすこうせつ)画伯の釈尊伝が描かれている。正面には金色の仏像が坐している。

ダーメークストゥーパの西北にアショーカ王の石柱があった。今あるものは直径約70㎝高さ約２ｍの基部にすぎないが、かつては約15ｍの高さがあったという。四頭のライオンがいる柱頭は、現在、サールナート考古博物館に納められている。

サールナートには、コンダンニャたち５人に法を説く、坐したゴータマの人形が、ほぼ等身大で作られ、屋根を持った台座に置かれていた。ゴータマの前には、一段低い位置に、半円形に、５人の人形がゴータマと向き合って坐している。その近くでは１００人は下らない、アジアの僧侶たちが坐して集会を開いていた。

サールナートの遺蹟の出口からそう遠くないところに、サールナート考古博物館がある。中田たちは博物館に入った。第一室の中央に、アショーカ王石柱の頭部があった。人間の背丈より少し高いくらいで、４頭の獅子が背中合わせになっている見事なものである。インド共和国はこの獅子を国家の徽章（きしょう）として採用している。博物館には、この地で出土した仏像の中の最高傑作といわれる、初転法輪像がある。砂岩でできていて、５世紀のものだそうであるが、確かに美しい。静謐と深い精神性を感じる。

紀元前４２８年頃、35歳のゴータマは、自分が発見した理法をコンダンニャ達が納得するかどうか、期待をもってサールナートにやってきたと思われる。

幻影が中田に入ってくる。幻影がゴータマの言葉となって語り始める。

「わたくしがコンダンニャ達を見付けた時、彼らもわたくしに気が付いたようであった。彼らは額を寄せて何やら相談しているようであったが、わたくしは構わず近付いて、前に立った。５人は硬い表情ではあったが、別人を見たように、驚いたように、わたくしを見続けた。わたくしは懐かしかった。

〈変わりはないかね。〉わたくしは尋ねた。彼らの硬い表情は変わらなかったが、わたくしを拒絶しているのではないことは分かった。

〈わたくしの発見した理法が正しいかどうか、皆さんに検討してもらいたくてわたくしは来たのだ。皆さんが納得できるものであるならば、わたくしは自信を持って言える。わたくしの言う通り、理法に則とって修行を続けるならば、遠からぬうちに、安穏、安らぎを得る。〉彼らは互に顔を見合わせたが、話を聞きたいとは言わなかった。〈最初は、わたくしが話すよりも、皆さんの質問にわたくしが答えるということでどうだろうか。詰問で構わない。関心のないことをいくら話されても、人は聞く耳を持たない。ここへ来る途中、わたくしは失敗したよ。〉この日はこれでわたくしは打ち切った。時機が来て、彼らがわたくしの話を聞く気になるまでは、話しても、わたくしは疲れるばかりだ。

翌日、彼らはわたくしに聞きたいことがあると言ってきた。質問してきたのはバッディヤであった。

『ゴータマよ、あなたの顔は輝いて明るい。何故苦行を止めたのか。苦行を止めて何が起きたのか。』

〈苦行を止めたのは、苦行は何の良いこともなく、ただ苦しいばかりか、遂には命を落す、ということに気が付いたためだ。苦行をしなければならぬという思いで苦しみ、苦行そのものもので苦しむ。わたくしたちは幸せに生きたいと誰もが願っているのではないのか。苦行はそのための方法の一つにすぎないのではないのか。苦行のためなら死んでもいい、というのは愚かだ。わたくしは最後には食を徹底して減らしていった。その結果、体内に熱が漲り人間を越えた力を手に入れることが出来たであろうか。わたくしの体は痩せ細り、筋肉は衰え、歩くことも叶わぬ程となった。わたくしは苦行に徹したために、苦行が無益であることを確信することが出来た。何故6年も気が付かなかったのか。わたくしに、回りを有りの儘に見る智慧がなかったのだ。自分以外のものに頼るばかりで、自分を省りみる智慧がなかったのだ。バッディヤよ、わたくしは食欲を断つことが出来なかった。生きて幸せを掴みたいのだ、という自分の思いを知った。生きたいと願う者を殺してはならぬ。殺させてもならぬ。何の事はない。シャカ族の古老の教えそのままではないか。わたくしは古老の歩んだ道を、今、歩もうとしているにすぎないのだ。バッディヤよ、遺体に取り縋るように、泣いて付き従っていく老人を見たことはないか。苦行で命を落とした若者の親族であろう。よりよく生きるために死ぬのか……。〉わたくしはスジャータの兄のことも話したかったが、バッディヤは静かに頷くと、わたくしを見て軽く手を上げた。わたくしは、もういい、という合図だと思って黙った。仮にも、彼も道に志して、家族を捨て、財を捨てた者である。理解したことは間違いない。この日はこれでわたくしたちの議論は終わり、一人一人、自分の時間に帰っていった。」

「わたくしたち6人は、共に行乞し、共に帰り、共に食事をした後、輪になって語り合った。ヴァッパが、わたくしが発見した理法とはどのようなものか、問うてきた。

〈わたくしたち出家といえども、在家と同様、老いに向かい死に向かっている。富（とみ）も権力も名声も愛も、無力だ。何故か。生まれたということによって老いと死があるのである。生まれるということがなければ、老いも死もないのである。凡ての事象は過ぎ去ってゆく。〉『凡ての事象と言われたが……。』〈世の様を有りの儘に見れば、凡てのものは変化してゆく無常のものである。堅固なものはどこにもないということに気が付く。何故か。凡てのものは、条件、因縁によって、仮に形を成しているものに過ぎないからである。〉ヴァッパは黙ってしまった。他の4人も何も言わない。わたくしは今日はこれで止めようと思った。瞑想する時間が必要なのだ。」

「翌日、ヴァッパが更に聞いてきた。彼等が真剣にわたくしに議論を挑んでくるということは、彼等がわたくしを認め始めたことを意味する。

『バラモンの説くところによると、宇宙の普遍的な我として、不変のブラフマン（梵）が存在するとしている。そして、わたしたちの意識の最も深いところにある、根源の個人我として、アートマンが存在するとしている。このブラフマンとアートマンとの合一こそが最高の存在である、としている。では、宇宙の根源としての不変のブラフマンは、どのような条件、因縁によって生じたのであるか。』

〈不変の根源的存在というものは、条件、因縁によって生じるという理法に当てはまらない。理法に当てはまらないものは存在しない。〉

『では、アートマンはどのような条件、因縁によって生じたものであるか。』

〈それも、条件、因縁によって生じるという理法に当てはまらないから存在しない。〉

『では自己は存在しないことになる。しかし、事実は、わたしたちは見たり聞いたり話したり、判断し行動している。自己が存在しないで、どうしてそのようなことが出来るのか。』

〈自己は現にここに存在しているではないか、ヴァッパもわたくしも他の4人も。ただ、わたくしたちは条件、因縁によって存在しているに過ぎないから、それによって、どのよ

うに変化し続けるか分からない無常のものである。確かなものというものは無いのである。〉

『自己に〔確かなもの〕が無いとするならば、わたしは何を頼りに、誰を頼りに生きればよいのか。』

わたくしは言った。〈自己が拠り所とするものは自己である。それ以外にはない。〉

『わたしはゴータマを頼りとしたい。』

〈わたくしには何の力もない。誰も、条件、因縁を支配することは出来ない。目の前に現われてくる、変化してやまない無常のものを有りの儘に見て、気を付けて対処するしか生きる道はないのである。〉ヴァッパは言葉を飲み込んだ。まだまだ時間が必要なのだということが分かった。この日はこれで終わった。」

「日が変わってマハーナーマが質問してきた。5人で質問を分担しているのであろうか。

『ゴータマは食欲を無くすことは出来ないと言われたが、わたしは色欲も無くすことは出来ない。いい女がいれば、思わず立ち止まって見ないではいられない。』

〈それはわたくしも同じだよ。〉マハーナーマは絶句した。他の4人も、はっとしたようにわたくしを見た。しかし、これでわたくしと5人は、昔、カピラヴァットゥで日が暮れるまで遊び惚けていた頃の、あの気安さ、幸せに戻ったように錯覚したのかもしれない。わたくしは5人に受け入れられたと感じた。マハーナーマがぽつりと言った。

『欲望を無くすことは出来ないということか。では、誰も〔安らぎを得る〕などということは出来ない。欲望が苦しみの原因であることは、多くの人が理解している。』

〈欲望を無くすことが出来ないのは何故だと思うか。〉マハーナーマは答えなかった。

〈それは欲望が生存の条件だからである。〉しいんとなってしまった。マハーナーマが口を開いた。『ゴータマさま、教えてほしい。生まれながらに、欲望という、生存の条件を持ち、欲望が叶わないといって苦しむ者が、安穏に生きる智慧を。』

〈欲望を無くすことは出来ないが、欲望への執着を減らすことは出来る。〉

5人は、あっと、声にならない声をあげたように、わたくしには見えた。流石に一切を捨てて道を求めている者の覚悟は、一瞬で理解したのだ。激しい執着が問題なのだということを。〈喉がからからに渇いた者が水を求めて止まないような、激しい欲望、執着が苦をもたらすのだ。欲望を減らし、執着を少なくすることによって、苦しみを減らすことが出来る。〉アッサジが口を開いた。『わたしは何故生きるかということには関心がありませんが、欲望から離れるということが理法に則った修行ということでしょうか。』

〈そうだよ、アッサジ。条件、因縁によって生じたものに、堅固なものは何一つない。自分のものというものは何一つない。そのようなものに執着することは愚かなことなのだ。〉

Sn. ７７３　欲求にもとづいて生存の快楽にとらわれている人々は、解脱しがたい。他人が解脱させてくれるのではないからである。（『スッタニパータ』は以下、Sn.と略号で示す場合がある。）

アッサジに安堵の色が浮かんだ。わたくしは念を押した。

〈苦行から離れること。激しい欲望からも離れること。諸々の事象は、条件、因縁によって生じるという理法を忘れないで、目の前のものをしっかり見て、行動すること。この実践が修行となり、わたくし達を安らぎに導く。修行が完成した時には、一切の欲望を離れ、二度と母胎に宿ることはないであろう。二度と老いと死に捕われることはない。迷ったら理法に戻れ、わたくしたちの師は理法だ。しかし、執着を少なくする、離れるということは、そう簡単なことではない。欲望は内なる悪魔の囁きとなって現れ続けるだろう。わたくしも又、これからも、内なる悪魔の囁きを退け続けなければならない。〉

『分かった。』と言って、コンダンニャが突然立ち上がった。

『分かった。移り変わってゆくものに執着することは愚かなことなのだ。程々に関わることが大切なのだ。それがわたし達の実践となるのだ。しっかり心を摑んで離してはならぬ。』
〈コンダンニャは覚った。コンダンニャは覚った。心を離すな。〉わたくしも思わず立ち上がっていた。」

「5人の友が理法を覚って、わたくしも入れてここに6人のブッダが誕生したのである。5人の友は、わたくしの遊行の呼び掛けに対して、目を輝かせて応諾した。わたくしは彼らに告げた。〈友が凡てである。良き友を持て。良き友が得られない場合は只一人行け。〉

Sn.52　暑さ寒さと、飢（う）えと渇（かつ）えと、虻（あぶ）と蛇と、——これらすべてのものにうち勝って、犀の角のようにただ独り歩め。

遊行は修行であると同時に、人々への呼び掛けである。不安、危険があるだろうに、彼等はそのことは曖気にも出さなかった。生活の保障はどこにもない。わたくしたちは、いつ、どこで果てるか分からない。わたくしは饒舌に続けた。彼等はわたくしに耳を傾けてくれた。

〈わたくしには、師から弟子へと、僅かな人々にしか伝えないような、門外不出の教えはない。誰にでも包み隠さず説け。ただ、聞く耳を持たぬ者に説いても疲れるばかりだ。相応しい人に、その人に分かる言葉で説け。在家は、財を蓄えることは安楽である、無一物は苦しみである、と考えるだろう。諸々の聖者は、無一物であることが安楽であると見る。執着するものがないからである。世間の人々が安楽であると称するものを、諸々の聖者は苦しみであると見る。世間の人々が苦しみであると見るものを、諸々の聖者は安楽であると知る。解し難き真理を見よ。人々はここに迷っている。しかし、中には分かる人もいよう。行け。行って人々の利益と幸福のために、安らぎに到る道を説け。わたくしはウルヴェーラーに行く。〉」

この遊行が、今日私達が見るSn.に繋がっている。ラージャガハで托鉢するアッサジの姿を見たサーリプッタは、アッサジに師の名を問う。そして無二の友のモッガラーナと共に、ゴータマの弟子となる。二人の大勢の弟子も行動を共にする。サーリプッタは、後の世の人がゴータマの十大弟子と定めた者の一人で、頭脳明晰、智慧第一と言われ、ゴータマの相続者とゴータマが期待したそうであるが、ゴータマよりも先に病死している。サーリプッタの系統の人がSn.をまとめたといわれている。モッガラーナも十大弟子の一人であり、熱情家の行動人とされているが、異教徒に襲われ、サーリプッタと同じ頃、ゴータマに先立って亡くなっているという。この二人はゴータマの弟子の双璧といわれ、ゴータマの落胆は少なくなかったという。

五

ゴータマはウルヴェーラー・カッサパという、多くの弟子を持つバラモンを訪れた。カッサパは火は一切のものを浄めるという信仰を持って、火に供養を捧げ、人々の幸を祈っていた。ゴータマに、カッサパを教化しようという、挑戦的な思いがあったのであろうか。

幻影が中田に入ってくる。幻影がゴータマの言葉となって語り始める。

「わたくしが〈火を焚くということは単なる行為にすぎず、火が何かを浄めるということはない。また、祈るだけでは、それを成就する条件とはならない。〉と告げると、ウルヴェーラー・カッサパは語気を強めてわたくしに反論してきた。

『沙門よ、ゴータマといわれたな。よう聴かれよ。バラモンが行う祭祀に効力があるのは、バラモンの行為は宇宙の根源と結びついているからである。正しい祭祀で神々に祈願することによって、宇宙の運行さえも自由に操つることが出来るのである。太陽は自由に昇るのではなく、バラモンの護摩供養によって昇らせるのである。この神聖な火は決して絶やしてはならぬ、と教えられている。火が燃え盛れば燃え盛る程、我々は清浄になる、と教えられている。』わたくしは言った。

〈火が燃え盛れば燃え盛る程、わたくしたちは清浄から遠去かる。〉

『なんと、そなたはバラモンの権威に挑戦しているようだが、理由を聞こう。場合によっては生きてここから出ることは出来ぬ。外には、わしの弟子どもが殺気だって様子を窺っている。』

〈カッサパよ、凡ては燃えている。〔満足することがなく、非常に欲が深い。〕という炎をあげて燃えているのだ。〔自分の意志に逆らう者に激しく怒る。〕という炎をあげて燃えているのだ。〔真理を理解する能力がない愚か者。〕という炎をあげて燃えているのだ。欲望の激しい営みによって破滅した者は、掃いて捨てる程いよう。欲望の高ぶりを静め安らぎを得るにはどうしたらよいか。欲望の炎を抑えない限り、決して清浄にはなれぬ。聞く耳があるなら、そなたに説こう。〉

『ゴータマよ、いや、口が滑った。ゴータマさま、今夜はわが庵にお泊まりし、わしが納得ゆくまで教えていただけないであろうか。わしも兼ねがね、火を焚き、神に生贄を捧げても、気持が晴れやかにならないのは何故か、気になってはいた。無礼の段、お許し下され。今、何か、暖かいものをお持ち致しましょう。』カッサパは続けた。『ゴータマさま、これは決して嚇しではございません。お気をつけ下さい。国の王や、長者と呼ばれる商人が、力をつけてきているとはいえ、まだまだ、バラモンを侮ってはなりませんぞ。利益を失うとなると、バラモンはどんな手を打ってくるか分かりません。』〈わたくしは真のバラモンを求めていたにすぎない。昔のバラモンは自己を慎しみ、修行に専念していた。人々に財を要求することはなかった。今、バラモンは享楽を求め、女を求め、食べ物を求め、財を成すことに精を出しているように見える。〉」

ウルヴェーラー・カッサパには二人の弟がいて、彼等も多くの弟子を持っていたが、兄と共に、その弟子たちを連れてゴータマに帰依したという。カッサパ三兄弟は当時の大国マガダにおいて名声が頗る高かったので、彼らの帰服はゴータマにとって大きな出来事であった。在俗信者も着実に増え、ゴータマの名声はマガダ国王ビンビサーラの確認するところとなる。

ビンビサーラはゴータマより5歳下だと伝えられている。王はブッダとなったゴータマとの再会を喜び、ゴータマに深く帰依し、ラージャガハの北の、町から遠からず近からずの所に、竹林園を寄進する。また、王はラージャガハを囲む五山の一つ、ギッジャクータへの参道を整備したという。

竹林園でのゴータマたちの清々しい起居振舞を見て、心動かされた地元の長者が、自己の福徳を願って、竹林園に精舎を寄進する。これが竹林精舎で、仏教教団における最初の精舎であるという。これによって、ゴータマたちはラージャガハでは野宿することがなくなったと思われる。これは大きな拠点を持ったということであろう。もう一つの大きな拠点は、翌年寄進を受けることになる、コーサラの祇園精舎である。これによってゴータマの活動はコーサラにも及ぶことになる。

マガダ王ビンビサーラは、後年、子のアジャータサットゥに幽閉され、王位を奪われ、67歳くらいの時、餓死させられたという。アジャータサットゥは、後に事の重大さに気付き、罪を悔い、ゴータマに帰依したという。

六

中田たちが鷲の峰（ギッジャクータ）に行った時は、まだ暗いうちにホテルを出発した。登り口で中田たちはバスを降りた。ラージャガハの南東口にあたると思われる。銃身の長い銃を持った護衛が一人、待っていた。強盗が出没するというのである。中田たちは懐中電灯で足下を照らしながら、２ｍ程の幅の暗い道を、兵士と共に登り始めた。ビンビサーラ王が整備したといわれる石畳の道は歩き易かった。まだ明けやらぬ中を30分程登ったであろうか。頂上が近付くにつれて大きな岩が黒く目に入ってきた。岩の脇の急な階段を登りきると、頂上も岩であった。岩は平らにされていて、幅５ｍ、奥行き20ｍ程の長方形の、一番奥まったところの一部を、50㎝程の高さに褐色の煉瓦を積んで、囲ってあった。香室址だそうで、香炉が置かれ、線香の煙が立ち上って、土地の人であろう、数人の男が既にいた。ゴータマの時代に煉瓦が積んであったとは思われないが、今から約２５００年前、ゴータマは間違いなく、今、中田たちが立っている場所にいたのだと思うと、中田は、ただ無言で佇むばかりであった。中国唐代の僧玄奘三蔵もここに立って、同行の仲間と共にゴータマに思いを馳せたことであろう。玄奘三蔵は国禁を犯して、死罪を覚悟して、長安を発ち、死と隣り合わせの旅で天竺（インド）にやってきたのである。聖徳太子を始めとする、日本仏教の巨星たちも、ここに立つことはなかったと思われる。中田たちツアーの8人は、旅行の一端として、あっさりとここに立っている、この僥倖。

陽が昇り始めた。太陽が丸く小さく遠くの山の上に姿を現し、まだ周りの山は黒く、眠りの中にいるように見えたが、陽の光は雲を染めて、放射状に輝きだした。ゴータマもこの景色を見たことであろう。

日の出は、中田は大東亜戦争敗戦の翌年の、昭和21年を思い出す。その時、中田は6歳で、4月、地元の国民学校に入学した。国民学校最後の生徒である。思い出すのは、今も持っているが、国語の教科書の、冒頭の言葉である。「ヨミカタ一　一ネン上　モンブシャウ」と書かれた表紙を捲ると

アカイ
アカイ
アサヒ
アサヒ　という文字が目に入ってくる。

ゴータマは、太陽はそう大きなものではなく、東に昇り西に沈む、と思ったであろうか。中田たちは、この大地が地球という球体であり、太陽は高温のガス球で、直径は地球の100倍以上大きいことを知っている。太陽が遙かに小さく見えるのは、地球から、平均距離で、1億4960万km離れているからである。地球の自転によって、太陽が地球の周りを動いているように見えるのである。地球は太陽という恒星の周りを自転しながら公転している惑星である。赤道面での自転速度は時速約1700km、公転速度は時速約10万kmである。太陽は天の河銀河にあるが、銀河の中で公転しており、2億2000万年かけて

一周するという。地球は二重にも三重にも動いているということになる。地球上のもので静止しているものはないのだ。１９２９年、地球から遠い銀河ほど速いスピードで地球から遠ざかっていることが発見された。宇宙は膨張を続けていたのだった。そしてその膨張は加速している、ということが分かってきたという。宇宙に星が誕生すると、やがてその内部で核融合反応が始まり、そのために星は光っているのだという。すべての恒星でそれと同じことが起こる。太陽という恒星に例をとると、太陽の内部では水素が核融合反応を起こして、１秒間に6億５０００万ｔもの水素がヘリウムに変わって膨大なエネルギーを放出している。この水素が燃え尽きるまでには約１００億年かかるが、太陽は既に50億年程経過しているので余命50億年ということになるという。50億年後、最期を迎えた太陽は脹れ上がって赤色巨星となり、地球上の一切合切を蒸発させ、地球を死に追いやるという。

アンドロメダ銀河は、太陽がある天の河銀河から２５０万光年離れたところにある、天の河銀河に一番近い大銀河だが、二つの銀河は毎秒約３００㎞の速さで近付いており、約45億年後には衝突するという。「20世紀に恐怖の大王が空から降ってくる」という予言は当たらなかったが、数十億年後には、恐怖の大王が空からやってくるらしい。

人体を構成する元素は、星の死という、超新星爆発がなかったら、地球には存在しなかったという。中田たちは星屑でできているともいえるし、星たちの炉で作られた元素でできているので、核廃棄物でできている、ともいえるという。宇宙には中心はなく、あらゆるところが中心ともいえるという。

それにしても、宇宙では1億年や2億年は誤差の範囲であろうから、生きても100年という人間は、時間の観念のあまりの違いに、精神の平衡を失いそうだ。

中田たちが鷲の峰の頂上から下りる頃はすっかり明るくなっていた。頂上からは当時のマガダ国の首都ラージャガハを俯瞰することが出来る。当時のインド最大の都市の今は、一面に低い木々の繁る、荒れ果てた姿である。

頂上から下りてきてすぐのところに、大きな岩で形づくられた洞窟があった。幅は3m程、高さは80㎝程で、立って歩くことは出来ない。中田は中へ入ってゆっくり見たかったが、ツアーの団体行動ではそれが出来なかった。ここで野宿をすれば出家が味わったであろう恐怖の一端が身に染みよう。招かれざる客がいつ現れて危害を加えるか分からない。続いて下りてくる途中でこれがビンビサーラ王が幽閉された牢獄跡だといわれたところを通った。褐色の煉瓦が積まれていた。

ツアーではラージギールのホテルには夜になってから着いたが、ホテルは停電していた。

フロントだけは電気が燈っていたのは自家発電であったのだろう。添乗員Uとフロントとの打ち合わせが終わり、中田たちは大きな蠟燭とマッチと鍵が渡され、自分の部屋へ案内されることとなった。廊下を渡った離れたところで、長屋のような部屋が一列に並んだ平屋の建物であった。中田たちは蠟燭を燈し部屋の鍵をあけて入った。部屋は6畳の和室であった。奥はガラス戸一枚で外は庭であった。中田はガラス戸をあけ暗い庭を見た。庭は容易に外部からやって来ることが出来ると思った。

停電は続いていた。夕食にはまだ時間があり、ホテルの風呂に入ることにしたが、中田は考えてしまった。中田たちが宿泊したことは外部の誰かが知ろうと思えば知ることが出来る。庭からガラス戸を破れば容易に部屋へ入ってくることができる。中田はパスポートと財布はビニール袋へ入れて浴室に携行し、体を洗う時も蛇口のある台の上に置いた。杞憂であろうが、外国で中田を守ってくれるものは日本国外務大臣が発行した「日本国旅券」（ジャパンパスポート）なのである。日本という国家なのである。

夕食にはまだ時間があったので中田は部屋を出て長い廊下を渡り中庭に出た。蠟燭は点けていたが周りは闇であった。中田は腰を下ろし空を観た。星が近寄ってきているかのような、綺麗な空であった。気が付くと、他にもツアーの何人かが中庭に出ていて、誰言うともなく、星の多さに感嘆の声が漏れた。

人間は長い間、宇宙は永遠に続くものだと信じてきた。アインシュタイン（1879年－1955年）も、永遠の過去から永遠の未来に静かに広がる宇宙を信じていた時期があったという。無から生じた宇宙は、再び無の中に消えて終わるのであろうか。宇宙も亦、生まれたものは凡て死ぬ「自然の哲理」から逃れられないということを、人間は知り始めたという。

また、「知的生命である人間が宇宙の存在を認識した時、宇宙は存在したということができる」という少数派もいるという。宇宙に知的生命がいなければ、その宇宙は誰にも認識されない。認識されないということは、たとえ有ったとしても、無いも同然だという。その論でいけば、神は人間が認識するから存在する、ということになるのであろうか。そうだとすれば、神が存在されるようになったのは、早くて、20万年前ということになるのであろうか。神は絶対者であられるというから、相対的な存在でしかない人間が絶対ということを語ることが出来るとは思えない。なにしろ、「絶対」なのであるから。絶対者の意志を忖度するなどということは不可能だし、思い上がりの極致である、といえないであろうか。

蠟燭の中での夕食は楽しかった。日本でもなかなか食べられないと思われる程の、正統派の和食であった。男性のコックが食卓に見えて、笑顔で話してくれた。50代であろうか、モンゴル人だそうで、日本で料理の修業をし、食材は日本から来るという。

七

ツアーの4日目はヴァーラーナシーでの泊まりであった。夕食後、中田は腹が少しおかしいことに気が付き、持参した市販の整腸剤を飲んだが腹の調子はむしろ悪くなっていった。日付が変わった午前0時40分頃、便意を催してトイレに立った。勢いよく下った。以後4時20分頃までに、便意で6回トイレに立った。眠れる体調ではなかった。この日は暗いうちにホテルを出てガンジス河の日の出と沐浴風景を見る予定であったが、中田は添乗員のUに話して部屋に残った。便意が収まらず、トイレに立っても、肛門が痛いばかりで、ほとんど何も出ないのだが、トイレがなければ不安だった。

ツアーの人たちがガンジス河から帰ってきて朝食となったが、中田は朝食を抜いた。次の場所へ向かうためにツアーの人たちはバスに乗り込んだ。中田も乗った。便意が続けばバスでの移動どころではないのだが、中田はそういう心配は全く頭に浮かばなかった。便意は収まっていたのだ。

中田は昼食も抜いた。添乗員のUに勧められて水は飲んだ。その日のホテルでの夕食は午後7時30分頃で、中田は夕食の少量を取ってみた。その夜はよく眠れた。

翌日、次の目的地へ向かうバスの中で、同行のMから、抗生物質2錠と整腸剤一包を貰った。Mは中田と同年くらいの女性で、旅に出る時は掛り付けの医者に抗生物質を処方してもらっているという。この日は、中田は、3食を、少量、よく嚙んで食べた。夕食後、中田は危機を脱したと思った。効いたのはMから貰った抗生物質であった。インドへ来ての初日の夜のバイキングの食べ過ぎ等が徐々に胃腸を弱めていって、中田をガンジス河の水辺に立たせなかったのかもしれない。

中田はツアーの参加者とは特に親しく話をするようなことはなかった。中田の若い頃のツアーだと、国内旅行の場合、参加者名簿が必ず配られ、氏名、住所、電話番号が分かった。ところがこの平成13年のツアーでは既に名簿が配られることはなく、初日の夕食の席で自己紹介をすることもなくて、一期一会を大切に楽しい旅を、というような配慮を添乗員はしなかった。業界の方針なのであろう。旅行が知られては、家族や職場で差障りがでる人もいるのであろうか。もっとも、気が合った者は、どこかで酒を酌み交わしていたかもしれない。

参加者の中で中田の目にとまったのは、母と娘の二人であった。二人はツアーの場所場所で、必ず線香をあげ、数珠を持ち、手を合わせていた。インドの線香は30㎝程の長さの針金に線香の粉がついていた。中田は一本貰ったのでその場で共に手を合わせた。母は昼食には必ず土地のビールを飲んでいた。比較的壮年で亡くなった連合(つれあい)の菩提をお釈迦さまのインドで弔い、ビール好きだった配偶者を偲んでいるのであろうか。娘は飲まず、母だけが旨そうに飲んでいたので、ビールは母の嗜好にすぎなかったのかもしれない。

八

ゴータマが亡くなったのは80歳の時、クシナーラーであった。クシナーラーは仏教四大聖地の一つで、今はクシーナガルと呼ばれている。夜になって着いたクシーナガルのホテルは静かで、ゆとりのある、落ち着いたたたずまいであった。

翌日、ホテルをバスで出発し駐車場でバスを降りクシーナガルの遺蹟公園に入った。すぐに公園の中央にある涅槃堂が目に入ってきた。壁は白、屋根は円筒形、１９５６年インド政府によって改修されたものだそうで、高さは23ｍあるという。涅槃堂の近くに２本のサーラ樹が立っていた。力尽きたゴータマが樹の間に臨終の身を横たえた沙羅双樹を思わせる。

涅槃堂の中には、身長約６ｍという、巨大な、ゴータマの涅槃像があった。右脇を下に右脚の上に左脚を重ね、横臥している。最初に作られたのは5世紀と想定されるそうであるが、1833年発見され、修復されたものであるという。涅槃像も、その台座も、砂岩でできているという。涅槃像には金箔が貼られ、金色の法衣が被せられ、更にその上に、半分くらい、橙色の布が被せられていた。中田たちは先に堂内に入っていた参拝者に倣って、右回りに像を回って、足のところで腰を落として合掌した。中田たちは一回合掌してそこを出たが、アジアの仏教徒であろう他の参拝者たちは、何回も右回りをして合掌していた。

涅槃堂から歩いて20分程のところに、ゴータマを荼毘に付した跡に建てられたという荼毘塚がある。煉瓦で築かれており、高さは15m程あるという。荼毘という言葉が先に立ってしまうのか、中田は呆然として塚を見るばかりである。

九

晩年、ゴータマはほとんどアーナンダ一人を連れて遍歴していたようである。権威はあったが、教団を率いている様子はなかったという。ゴータマの最後の旅はラージャガハの鷲の峰から始まった。

幻影が中田に入ってくる。幻影がゴータマの言葉となって語り始める。
「〈アーナンダよ、カピラヴァットゥへ連れていっておくれ。わたくしにもう一度雪山を見せておくれ。わたくしの母が父と過ごしたところだ。わたくしは故郷で我がシャカ族と共にコーサラを迎えたい。〉
〈ラージャガハは楽しかった。ヴェーサーリーは楽しかった。サーヴァッティーは楽しかった。人間の生命は甘美なものだ。これがヴェーサーリーを見る最後となろう。〉」

ゴータマは死期の近いことを察していた。アーナンダと共にヴェーサーリーで雨安居（うあんご）に入るが、ここでゴータマに恐ろしい病が生じた。ゴータマはよく苦痛を耐え忍んで回復した。アーナンダに不安が忍び寄る。
〈尊師は亡くなる前に、教団の跡継ぎを指名して下さるに違いない。最後の説法をして下さるに違いない。〉
ゴータマは弟子の期待の誤りであることを諭す。

幻影が中田に入ってくる。幻影がゴータマの言葉となって語りだす。

「アーナンダよ、修行僧たちにわたくしは別隔てなく悉く理法を説いた。何物かを弟子に隠すような教師の握拳（にぎりこぶし）はわたくしにはない。現在の、たった今を目覚めておれ。気を緩めるな。アーナンダよ、〈わたくしは修行僧の指導者である。〉とか、〈修行僧はわたくしを頼っている。〉とか、〈わたくしがいなければ教団は成り立たない。〉とか、そのような思いはわたくしにはない。存在し生ずるものの条件、因縁は、わたくしの力ではどうすることも出来ないのだ。自分を頼りにしなさい。わたくしを頼りにして何になる。」

ゴータマとアーナンダはパーヴァーという所に至り、鍛冶工チュンダから食事の招待を受ける。出された茸料理を食べたゴータマに病が起こり、赤い血が迸り出て死に到らんとする激しい苦痛が生じたという。血便を伴った下痢である。乞食（こつじき）によって生きるということは命懸けのことであったかもしれない。出家が修行に励むことが出来るのは、福徳を願う在家の供養者がいるからである。供養されたものは凡て有難く頂くということになろう。供養者はそのことを知っていたであろう。鍛冶工は身分制度の四段階では最下層のシュードラに属するとされ、バラモンは賤しい身分のものからの食べ物は受けてはならなかったが、行為によって賤しい者となる、とするゴータマは、バラモン教の規定を公然と踏み躙った。

幻影が中田に入ってくる。幻影がゴータマの言葉となって語り始める。
「アーナンダがわたくしに詰め寄ってきた。温厚で心優しいアーナンダとは思えない。『尊師よ、解せませぬ。チュンダの供養をわたしも受けましたが、何故、尊師にだけ病が生じたのでしょうか。尊師の出血を伴った下痢は普通ではありません。あれ程甲斐甲斐しく供養をしてくれたチュンダが、何故、突然、姿を消したのでしょうか。』わたくしは便意を堪えながらアーナンダを宥めた。〈アーナンダよ。供養してくれたチュンダに感謝しなければならぬ。チュンダの功徳は大きい。さあ、アーナンダよ、クシナーラーへ行こう。〉」

クシナーラーはパーヴァーの西、約20㎞のところにあるという。ゴータマは血便を垂れ流しながらクシナーラーに向かうが、20㎞の区間で20回以上休んだという。便意を催してのことであろうという。

クシナーラーでゴータマは力尽き、アーナンダに告げる。藪の中の小さな町の郊外であったという。

「アーナンダよ、二本並んだサーラ樹（沙羅双樹）の間に、頭を北に向けて床を用意しておくれ。わたくしは疲れた。横になりたい。」

北はカピラヴァットゥの方角である。クシナーラーからカピラヴァットゥまで、直線距離でおよそ80㎞であろうか。

アーナンダの設けた床に、ゴータマは右脇を下にして、右脚の上に左脚を重ね横臥した。ゴータマはここでアーナンダに

「花を撒き音を奏でるなどして盛大な儀式を催すことがブッダを供養することではない。理法に従って正しく実践することこそ最上の供養なのである。」と告げたという。

ゴータマが起き上がることはなかった。アーナンダはゴータマから離れて、一人で泣いたという。ゴータマはアーナンダを呼ぶ。

幻影が中田に入ってくる。幻影がゴータマの言葉となって語り始める。

「アーナンダよ、凡てのものは過ぎ去ってゆく。消え去るものは消え去るものに任せなさい。そなたは20年以上にわたって、よくわたくしに仕えてくれた。ありがとう、アーナンダよ。わたくしの養母であったマハープラジャーパティーが、わたくしの父が亡くなった後、ヴェーサーリーで初めての比丘尼となったのは、そなたの後押しが大きかった。ヤショーダラーは潔ぎよかった。二人とも、もういないが懐かしい。ラーフラに会ったら、〈父が誉めていた。〉と伝えておくれ。ラーフラは戒をよく守っていると聞いている。アー

ナンダよ、怠ることなく実践して、執着を離れなさい。汚れのない者となり、そなたも二度と母胎に宿ることはないであろう。」

ゴータマの意を受けたアーナンダは、同行の比丘たちをゴータマの前に呼び寄せた。この時、アヌルッダは数人の比丘と共に、クシナーラーに到着していた。ゴータマは息も絶え絶えの中で、弟子たちを見回して言った。

「何かわたくしに聞いておくことはないか。」

沈黙が支配した。問う者はいなかった。ゴータマは虫の息であっても、断乎とした自覚・確信を持っていたという。

「もろもろの事象は過ぎ去るものである。怠ることなく修行を完成なさい。」これが50年にわたって修行を続けてきた者の最後の言葉であったという。

中村元によると、仏教の要訣は、無常を覚ること、修行に精励すること、の二つに尽きるという。45年間説いた一切の教えを、「怠るなかれ。」という、ただ一つの句のうちに要約して弟子たちに与えたのだという。

満月の深更であったという。ゴータマには、もう、入る息も出る息もなかった。比丘たちは月の光を受けて、静かにゴータマの周りに坐し続けた。動く者はいなかった。

朝になった。アーナンダはアヌルッダの意を受け、マッラ族の人々に、聖者の訃報を伝えた。葬儀は在家の人々の仕事であった。アーナンダは葬儀に比丘たちが係わることを、ゴータマに禁じられていた。「汝等は最高の善に向かって、脇目もふらずに精進するがよい。」とのゴータマの指示であった。ゴータマに戒名はなかった。読経もなかった。ゴータマの遺体は、マッラ族によって、幾重にも真新しい布で巻かれマッラ族の廟所（びょうしょ）に運ばれた。

ゴータマは都市を中心に遊行を続け、そこに帰依者、支援者をふやしていったという。当時、生産活動、商業活動等の進展で都市は発展し、武力、権力を持った王、財力を持った商人が出現し、それらの人々がゴータマを支持したという。都市では貨幣が流通していた。ところがゴータマの弟子たちは、生産活動に従事することや貨幣を持つことは禁止されていた。定住はなく遍歴が常で、無一物であることが理想とされた。こういった生活は都市文明を否定する態度だといわれる。ゴータマの死後、教団も変化していった。

第三章

一

平成13年3月の仏教四大聖地巡りツアーから帰国して、中田はますますインド仏跡への憧れを強めていった。9日間のツアーはあっという間の出来事で、よく分からないうちに終わってしまったところがあった。それに、中田はそのツアーでは激しい下痢に見舞われ、ヴァーラーナシーのガンジス河を訪れることを棄権したため、ヒンドゥー教徒の沐浴を見ることは出来なかった。そして、そのツアーでは祇園精舎跡は含まれていなかった。ガンジス河の沐浴と祇園精舎跡と、この二つだけでも、もう一度仏跡ツアーに参加したいという思いは彌増(いや)していった。

二

ゴータマについてもっと深く知りたいと思い、中田は、関連書籍を読み耽った。

中田は、ゴータマとはいかなる人物であったかという問いに真正面から応え得るものは、仏教の最古層に属する聖典『スッタニパータ』である、ということを知った。同聖典は五章から成り、1149のガーター（偈（げ））がある。中田はこの聖典を、『ブッダのことば　スッタニパータ』（中村元　訳　岩波書店）、『ブッダの教え　スッタニパータ』（宮坂宥勝（ゆうしょう）　訳　法藏館）、『釈尊にまのあたり　スッタ・ニパータ第一・四章』（解説　毎田周一　明悠会内毎田周一撰集刊行会）で学んだ。中村元、宮坂宥勝（大正10年―平成23年）、毎田周一（明治39年―昭和42年）の三人の碩学・仏教哲学者の前記著作の中から、中田は仏教を以下のように学んだ。

（一）中村元は次のように述べている。

1　南方アジアの仏教諸国に伝わった経典は五種に分かれ、その第五のものを『クッダカ・ニカーヤ』というが、それがさらに一五に分かれているうちの第五に相当するものが『スッタニパータ』である。

2　いまここに訳出した『ブッダのことば（スッタニパータ）』は、現代の学問的研究の示すところによると、仏教の多数の諸聖典のうちでも、最も古いものであり、歴史的人物としてのゴータマ・ブッダ（釈尊）のことばに最も近い詩句を集成した一つの聖典である。シナ・日本の仏教にはほとんど知られなかったが、学問的には極めて重要である。

3　この『ブッダのことば（スッタニパータ）』の中では、発展する以前の簡単素朴な、最初期の仏教が示されている。そこには後代のような煩瑣（はんさ）な教理は少しも述べられていない。ブッダ（釈尊）はこのような単純ですなおな形で、人として歩むべき道を説いたのである。かれには、特殊な宗教の開祖となるという意識はなかった。

4　当時の聖者たちの説いていること、真理を、釈尊はただ伝えただけにすぎないのである。かれには〈仏教〉という意識がなかったのである。

5　ゴータマ・ブッダ（釈尊）は人間としての真の道を自覚して生きることをめざし、生を終えるまで実践していたのである。

6　「自己の安らぎ（ニルヴァーナ）を学ぶ」というのは、よく気をつけて熱心であることにほかならない。

（二）宮坂宥勝は次のように述べている。

1　伝統的なバラモン教から見れば、確かに仏教は異端の宗教である。異端と見なされる最大の理由はナースティカ（nāstika無神論）すなわちバラモン教のヴェーダ聖典の権威を否定し、創造主としての神の存在と階級社会を認めないということである。

2　これまでの仏教研究で見落とされたり、あるいは問題意識の埒外にあったのは、

3 ……仏教やジャイナ教が本来、種族宗教に起因するという歴史的な事実である。前六、五世紀頃、ガンジス河中流域地方には……四大国があった。いずれもアリアン民族によって建設された新興国家である。ところが、当時、……とくにガンジス河中流域北岸地方にはまだ土着原住の種族が多数居住していたのである。……釈尊は……種族社会の出身であった……。

4 ……仏教やジャイナ教のような新宗教が興起したのは古代インドの激動期であり、伝統的なバラモン教に対して新しい宗教や哲学思想が現れたのは時代の要請であったといわなければならない。

5 新興国家による種族侵略は、すべて種族殲滅戦争で終焉を迎えている。

6 釈尊の仏教もまた種族共同体、種族社会を宗教的に再建したものである。

7 種族と国家の併存というこの歴史的な事実認識に対して、……仏伝についても……およそ次のような通俗的な見方がほとんど常識化しているのを指摘しておかなければならない。

すなわち

――かつて釈迦族による釈迦国があった。この国の浄飯王を父とし、王妃摩耶夫人を母として釈尊は生誕した。王子釈尊は国王となるべく運命づけられていた。贅の限りを尽くし、美女たちに取り囲まれて酒池肉林の享楽三昧を送っていた。出家の志を抱いていた釈尊を王宮にとどめておくために、父王は冬・夏・春の三宮殿を彼に与えた。彼を世俗にとどまらせるためであった。しかし、それでも釈尊は出家して六年間苦行し、三十五歳のとき成道して仏陀となった。ヴァーラーナシーにおける初転法輪（最初説法）は釈尊の無師独悟の覚りを説いたものである。云々――。……今日のすべての釈尊伝もこの通説通りに書かれている。……このような釈尊伝は……仏伝作者たちが釈尊の偉大性を伝えるために創作したフィクションにすぎない。釈迦族はかつて一度も国家を建設したことがなかった。

8 仏教のすべてが釈尊によって創唱されたとは思われない。初期仏教には過去七仏信仰がある。それによると、釈尊はその中の第七祖である。釈尊自身が「諸仏＝目覚めた者たちは説く」と説いている。

9 仏教の場合は、釈迦族の種族宗教を継承する保守伝統派を代表するデーヴァダッタと進歩革新派を代表する釈尊との対立がある。……種族宗教の特色であるアニミズムとトーテミズムを釈尊は間接的にではあるが徹底的に批判し排除する。ところが、デーヴァダッタは釈尊の異母弟であるが、極めて厳格な苦行主義の立場をとる……。彼はまたバラモン教の経済的地盤である農村部を托鉢して歩いた。そして、新興国家の殷賑を極める大都会に入って托鉢する釈尊を批難している。種族宗教を継承したデーヴァダッタの仏教教団は釈尊仏教とことごとく対立し抗争した。後年、デーヴァダッタは釈尊を殺害しようとたびたび企てた。が、すべて失敗に終わる。

10

釈尊仏教はいちはやくアニミズムから脱却し、そして苦行主義と決別したところに普遍宗教として発展する遠因があったと思われる。種族のアニミズム的形態には祖霊信仰、樹木信仰、ガンジス河などの沐浴や水葬の風習など、また庶物信仰とくに舎利信仰がある。仏教が沐浴やトーテミズムを批判し排除したことは、今までの研究ではほとんど無視されている。

11

釈尊はバラモン教体制のアリアン社会を厳しく批判する。主要な論点は次の三つである。

イ、ヴェーダ聖典の権威を否定する。

　仏教からみるとヴェーダ聖典は神の啓示による絶対的なものではなくて、人為性のものすなわち何人(なんぴと)かが制作編集したものである。

ロ、有神論批判

　釈尊は創造主としての神の存在を容認しない。これは縁起的世界観によるからである。

ハ、無階級主義

このことを理解するためには最古代インドにおける階級制の社会的固定化がいかに厳しいものであったかを知っておく必要があろう。……人間は誰しも生まれながらにして社会的階層の差別が決定しているのではなくて、人間としての行為（漢訳、業）によって階層の分化がみられるにすぎないとして、慣習的固定的なバラモン教社会を釈尊は否認している。これは生まれながらにして社会的な階層差別が決定づけられる条件としての輪廻転生を断ち切ることを目指す、自覚宗教としての釈尊仏教をわれわれが歴史的事実に即して正しく理解するためにも重要なことがらであるといわなければならない。

12 仏教はバラモン教の祭式主義に対して祭式を否定排除し、……ウパニシャッド哲学の知性主義の立場もとらずに、アートマン（実体的な自我の存在）の哲学に対して無我を標榜した。また、仏教は禁欲的な苦行主義すなわち古代種族宗教の呪術的世界観とも訣別した。そして世俗的な欲望充足主義であるバラモン教の世俗肯定的世界観をも否定した。仏教は、いわば中道主義の立場をとった自覚宗教の旗色を鮮明ならしめた。

13 仏教が……民族宗教に堕することなく、極めて普遍的な世界宗教として発展するに至ったことがSn.の全篇を読み通してみて首肯することができよう。

14 ……人間存在をあらしめている実存の実体はひとえに渇望や欲望のはたらきにほかならない。……この渇望を抑止し欲望を制御するのが釈尊仏教の実践体系における第一命題である。そのためには実体的自我の存在を否定し、さらには一切の私的所有の観念を否認しなければならない。

15 ヴェーダ・アリアン民族に伝統的なバラモン教の聖典ヴェーダは、四階級の中の司祭階級のバラモンたちだけが伝承してきたものである。……これに対して真向から反対してきたのが釈尊であった。……仏教は社会的な階級差別を問わずにすべての者に説かれる。

16 Sn.には輪廻転生からの解脱が仏教的実践の究極目標として説かれている。……輪廻転生を抜きにした仏教はあり得ないことをSn.が雄弁に物語っている。

17 ……初期仏教の当時、釈尊が仏弟子や在俗信者たちに説いた涅槃（nibbāna）とは日常生活における心の安らぎそのもののことであった。

18 Sn.を読むと、釈尊は決して安易な人生論を説いているのでもなければ、現代人が好んで口にするような空疎な幸福論なるものを教えてはいないようである。欲望の肥大化を戒め、非暴力主義（慈悲の精神）の立場を鮮明ならしめている。自他平等の慈悲行の実践のためには無我すなわち自己解体をしなければならない。われわれ現代人にとってこれは最大の難関であろう。……釈尊が説かれた「涅槃への道」に、自己消滅に至るまでの想像を絶するような厳しさとストイックな過酷さを感じるのは訳者（宮坂宥勝）だけであろうか。

（三）毎田周一は次のように述べている。

1 ここに釈尊がおいでになる以上、私にとって仏教経典は、このスッタ・ニパータ一箇にて足るのである。

2 仏教が真理の教であり、真理認識を人々に徹せしめんとすることの外に何等の意図も意向も動向も持たないことを見るべきである。真理は生きたるものである。瞬間瞬間に新たである。固定を許さない。この新鮮な、刻々の把握を措いて、真理の把握はない。釈尊の摑まれし真理は無常であるといわれる。……刻々に現すその新生面において、私達は無常の真理に出会うのである。

3 無常とはこの世界が刻々に未知の世界に突入する、過去の知識・経験では、摑む能わざる、絶対的変改の今であることを意味する。

4 現象の背後に本体を求めることの愚を笑ったゲーテ（1749年―1832年）は、

仏教の無常法に徹せる人であった。映像のみ、現象のみ、その外の何の実体もなく、本体もないということが、無常法である。無常としての真理の認識ということが、仏教にとって一にして全なることを……見るのである。

5 論議によって摑まれるようなことを決して仏教では真理としないのである。真理は直観されるべきもの、真理は一閃である。

6 真理そのものとして働くという所にある直観を行為的直観という。真理とは直観というよりも、行為的直観そのものである。あるいは自覚そのものである。仏陀（自覚者）の自覚の言葉を聞いて、自ら、ただ一人内省して、感得すべきもの、内省と論議とは相去ること千万里である。

7 仏法の智慧とは、徹頭徹尾、行為的直観によって、生活を終始することである。……眼前の事物を直観し、このみることによってのみ働くのを真理に従う行動という。頭で考えないのである。……直観的に行動せずして、考えてすることが一切の苦悩・悲惨の元なのである。

8 あるだけのもので満足しという処に、仏教の極点が示されている。……死をものともしないということがなければ、あるだけのもので満足ということは、決してあり得ないのである。死を恐れないとは、生命独立の尊厳を守るということである。

9 自分の卑しげな貪りを反省し、少欲知足の道へ進めば、立所に苦悩は解決する。仏法はこの貪らずの一句に尽きる。その他の何ものも要しないのである。貪らずの一句に、完全にこの世が超えられている。その貪らずにいかにして到るかといえば、ひとえに真理の認識によって到るのである。……ただ智慧のみである。

10 後悔の念を絶ち切るとは、過去の遮断である。現在の無常が刻々に創造的に過去を超えているとき、過去に捉われ、過去に為した過失を悔いる……には余りに現在の生命が創造的である。……過失を犯した自己というものを固定して、今も尚持って廻ることを悔いるという……。

11 命がけでなければ、第一真理の道へ進み得ないのである。――誰よりも釈尊御自身のその強固なる意志を思う。勇気を持ってとは、その貫徹への意志の激しさであり、びくともしない強気である。そこには命を賭けたもの、恐れなきものがある。

12 糞掃衣を身にまとい、鉄鉢を衣に巻いて行乞せられる釈尊の御姿。誰もその身なりを見ては軽蔑したことであろう。蔑まれ、凌辱されつつ、村里の道を静かに行かれし釈尊を思う。その乞食の姿を。どんなに癪に障るような罵倒・軽蔑の言葉を浴びせられても、荒々しい言葉でいい返してはならないといわれる。慈悲忍辱の姿である。下賤・低級な、最も浅ましい惨めな服装と食事をなさってゆかれた、現実の釈尊の姿を思え。

三

中田は平成19年から、明悠会という、毎田周一の著作を勉強する会に入っている。『釈尊にまのあたり』（解説　毎田周一）の編集兼発行所は明悠会内にあった、毎田周一撰集刊行会である。毎田周一の師である暁烏敏（あけがらすはや）（明治10年―昭和29年）によって、浄土真宗の禁書であった『歎異抄』が『精神界』誌上に発表されたのが明治36年であった。毎田周一によると、暁烏敏は『スッタニパータ』を知らなかったそうで、暁烏の師の清沢満之（まんし）（文久３年―明治36年。１８６３年―１９０３年）も同じだそうである。

佐々木閑（しずか）（昭和31年―）は次のように述べている。

「解くべき問題は違っていても……瞑想して真理を知るという、この点で、科学者と仏陀の間に違いはない。」

「……釈尊が創生した本来の仏教は、我々が想像する以上に合理的なものであり、……科学と同じ土俵に上って四つに組むことができるのはその本来の仏教だけなのである。……

神秘性を排除してしまっても成り立つところに仏教のすごさがある。それが科学と対等に肩を並べることができる唯一の世界宗教としての仏教の最大の特性なのである。」

第四章

中田は平成18年1月の「釈尊七大仏跡巡礼の旅」というツアーに参加を申し込んだ。平成13年の時と同じ旅行会社の「こころの旅」というパンフレットで募集を知ったのである。中田（66歳）は参加して、平成13年の3月のツアーとは趣が異なるということに気が付いた。七大仏跡とは、四大聖地に、ラージャガハ、ヴェーサーリー、サヘート・マヘートが加わる。

参加者は中田を含めて総勢39名、添乗員はTとMの2名であった。Tは30代の女性、Mは30代の男性で、関西の浄土宗の寺の副住職だそうである。仏蹟巡礼の旅というようなツアーは、普通の観光ではそう多くは集まらないように思われるが、このツアーの参加者は平成13年の約5倍である。添乗員の一人が寺の副住職ということで、中田は、参加者の多くは、副住職という、仏教のプロと同行して、お釈迦さまの故郷でお釈迦さまと心を一つにしたいというような人達かもしれないと思った。というのは、中田は高田好胤（こういん）（大正13年―平成10年）が１２０名の同行と共にインドの仏蹟を旅して法要を重ねたということを、本で読んだことがあるからである。同行の人達は高田好胤と共にお釈迦さまに会いたいと願ったのであろうか。

平成18年のツアーもルンビニーから記したい。現地での案内人はWとSの2名であった。ともにインドの男性で50歳前後と思われる。この時のツアーは2台のバスに分乗し、おのおののバスに添乗員と現地案内人が一人ずつ乗った。

中田たちはインドのサヘート・マヘートを夕方の5時半頃発ってルンビニーに向かったが、途中、橋が壊れていて大型バスは通れないところがあって、迂回することになった。夜の10時半頃インドの出入国管理事務所の前でバスは止まった。TとMが中田たちのパスポートとビザを持ってインドの事務所へ入っていった。程なく出国OKとなった。

添乗員のTとMに現地案内人のWとSも加わって、4人が道路上で、ネパール入国管理事務所の職員と話し込んだまま、時間が過ぎていった。11時20分頃、ツアーはネパールへの入国を諦めて、近くのインドのホテルに急遽泊まることとなった。

国境から宿泊予定のルンビニーのホテルまではバスで10分程度の距離ではあった。行かせてくれ、とツアー側はネパールの職員に執拗に掛け合ったのであろう。ネパールの職員は上司に連絡をとって、その上司は更に上司に連絡をとったそうであるが、入国の許可はでなかったという。Tは日本の本社に連絡をとり協議したが、本社の指示はツアーの安全を最優先させるということであった。

ネパールへ入国出来なかったのは、ネパールは、ネパール共産党毛沢東主義派という極左勢力と内戦になっており、同派の攻撃を警戒して、ネパール政府が、中田たちが着いた日から、夜の9時30分以降の外出禁止令を出したためであった。同派はインド共産党毛沢東主義派とも共闘関係にあるという。平成21年9月の日本の新聞によると、「……インド治安当局は19日までに、今年に入り国内でテロを頻発させている極左組織インド共産党毛沢東主義派に対する大規模な掃討作戦を中部チャッティスガル州などで開始した。毛派による襲撃はここ数年、年間1500件~1600件……」だという。

ネパール政府は何故ネパール共産党毛沢東主義派の攻撃をそれ程警戒したのであろうか。それは毛沢東主義にある、と中田には思われた。毛沢東（1893年―1976年）とはどのような人物であったのか。人は行為によって成り立つとするなら、その行為を見ればその人が分かるということであろう。中田は報道等で知る範囲であるが毛沢東が発動した大躍進政策、毛沢東が主導した文化大革命では、おのおので、1000万人単位で人民が亡くなっていると言われている。全体主義の独裁者は人の死ということに無頓着でいられるということであろうか。独裁者はそれで済むかもしれないが殺されるほうはたまったものではない。

中田が毛沢東と聞いて思い出すのは雑誌にのっていた話である。それによると、彼がソ連を訪問して共産主義陣営国家の国際会議に参加したとき、彼は、「中国を戦場として、アメリカと全面的に核戦争をやろう」と提案し、アメリカ軍を全部中国大陸に引き寄せてから、核兵器でアメリカ軍を全滅させる。そしていわく「中国の人口6億人の半分が死んでも3億人が残るのだから、何がたいしたことがあろうか。」さすがにソ連共産党の指導者もハンガリーや東ドイツの指導者もみんな凍りついて言葉を失った、という。

ネパールの上司も旅行会社の本社もTたちも賢明な判断であった。狙われればツアーは全滅する。また、前夜であったら夜間外出禁止令はなかったのであるから、夜間の入国を避けることができた中田たちは運がよかった、と解釈することも出来る。急遽宿泊することになったホテルは既に従業員が帰宅した後であった。中田たちはまだその日の夕食をとっていなかった。これは近くのホテルで作ってくれることになった。麺を大皿に盛った食事が運ばれてきたのは日付が変わった午前1時頃で、中田たちは食事もそこそこに眠りについた。このツアーでは中田はKと二人部屋であった。中田もKもこの夜はパジャマに着替えず昼間の服のままベッドに入って毛布にくるまった。ホテルの部屋に入ったものの、いつ何が起こるかわからないと中田は思っていた。他の参加者も同じだったようで、全員その夜はパジャマに着替えず洋服のまま眠った。これなら緊急の場合はすぐに逃げることができる。この夜は寒さで何度も目が覚めた。もし野宿ならこの寒さは大変であろうと中田は思った。

6時15分頃、中田たちはバスでホテルを発った。インドからの出国は5分程でOKとなったが、そこからネパールに入るには50分ほどかかった。ネパールの「パッセンジャーカウンター」と書かれた建物の屋上では、銃を持った歩哨が3名、ゆっくりと行ったり来たりしていた。中田たちのバスは兵士による検問を受けた。5年前の平成13年の時は検問はなく屋上に兵士もいなかった。

ルンビニーに入って、昨夜宿泊する予定であったホテルで朝食をとって、中田たちはルンビニーの仏蹟に入った。ルンビニー園は5年前と比べて整備されてきていると感じた。露店の数は当時より多いように感じた。中田は、まず、マーヤー夫人堂を捜したが見付からなかった。菩提樹も池もアショーカ王の石柱も綱にはためくタルチョも5年前と同じようにあったが、褐色の煉瓦の遺蹟の上に大きな建物ができていて、中田たちはその中で説明を受けた。5年前と比べ遺蹟は、より剝き出しになっており、整備が進んでいた。

少年ゴータマが駆け巡った、シャカ族の本拠カピラヴァットゥはどこか。二つの候補地があり、一つはルンビニーから24km程西北西にある、ネパールのティラウラコットで、もう一つはルンビニーから14km程南西にある、インドのピプラーワーであるが、政治的な理由もあって決定することができないという。ともあれ、ルンビニーからそう離れていないとすれば、ルンビニーの景色とそう変わらないかもしれない。

紀元前１５００年頃、インド　アーリヤ人がヒンドゥークシュを越えて西北インドへ侵入してきた。彼らはヴェーダ聖典に基づいてバラモン教を展開した。バラモンを頂点とするアーリヤ人は、農業、商業、手工業を発達させ、次第に都市型社会が出来上がっていった。紀元前６００年頃、ガンジス河中流域に、コーサラ国という王制の大国が出現していた。都はサーヴァッティー（漢訳・舎衛城）で、カピラヴァットゥの西１２０km程である。

カピラヴァットゥはインド亜大陸の北辺に位置し、東西約80km、南北約60kmのタラーイ盆地であったといわれている。コーサラのような大国に比べればシャカ族は微々たる存在で、コーサラに従属し常にコーサラの侵略に脅かされていたという。ゴータマの生きた時代は文化的にも社会的にもインドは激動期で、伝統的なバラモンの教学、神、祭式、権威等の一切を否定する、自由な思想を持った出家、修行者たちが現れていた。ゴータマもそういった沙門の一人であった。当時のバラモンは次第に享楽を得たいと熱望し、財を得、蓄積していったらしい。昔のバラモンは自己を慎む苦行者であったという。

ブッダガヤーを訪れた時は、居合わせた人々の数は平成13年の時よりも多かった。大塔の入口の広場で騒動に出会った。騒動の一方はチベット人の若い男女で、他方は地元の若者たちであった。チベット人は商売をするために木の机を置こうとしていたが、インドの若者たちはそれを阻止しようとしていた。大声が飛び交って、どちらも退かなかった。中田たちはそこを過ぎて大塔に向かった。

大塔の入口に立って、中へ入ろうとしたが、人で一杯で、中田は遠くから中の仏像に合掌してそこを去り、金剛宝座に向かった。ここも人を見に来たようなもので、多くの人の中に宝座はあるんだろうなあ、と思うばかりであった。結局、宝座を見ることが出来なかったのは残念であったが、中田はブッダガヤーという、仏教徒最大の聖地を二度訪れることができたことに満足であった。

このツアーでは鷲の峰に登り始めたのは午後2時頃であった。拳銃と警棒を携帯した警官が一人、同道した。昼でも物騒な場所ということなのだろう。この時は600ルピー（1500円くらい）払えば駕籠（かご）に乗って上り下り出来た。二人で前後を担いで一人の客を運ぶのである。ツアーの最高齢の80代の男性も含めて、数人が駕籠で上り始めた。途中まで上った時、女性の乗った一つの駕籠が登山道に下ろされた。600ルピーでは運べないというのである。現地案内人のSとWがすぐに駕籠の人夫二人と話を始めた。四者協議は続いた。大柄なSの声が大きくなってきた。やがて駕籠は何もなかったかのように山道を上り始めた。値上げは認められなかった。その女性は貫禄があったので人夫の要求も分からないではないと思われたが、帰り道、駕籠はその女性を乗せて走るように山道を下っていった。人夫は肩と棒との間にタオルを入れてはいたが、棒は肩に食い込み、人夫の表情は怒っているようであった。鷲の峰から下りてきて、すぐ近くの竹林精舎跡へ入った。竹が茂る広い公園となっており、中に大きな池があってそれを回るように歩道がついていた。

　このツアーで初めて中田はガンジス河に行くことができた。この年のツアーは中田は掛り付けの医者から下痢止めの抗生物質を処方してもらい参加した。腹6分目を守ったつもりであったが、それでも、一回だけ慌てたことがある。前夜、バスの中で夕食の弁当を食べている時、トイレに行きたいような、胃腸の異常を感じた。しまった。時間に遅れ、バスはスピードを上げていた。簡単にトイレに行ける状況ではない。中田は医者から処方された漢方薬をまず飲んだ。排便したい感じは次第に消えていった。下痢は体の要求で、異物を速やかに排出して身の健康を保つためのものだから、薬で抑えずに、出したほうがいい、と医者は日本では説明してくれていたが、漢方薬が効いて便意が収まったと知った時の嬉しさは格別であった。

　中田たちは暗いうちから、ヴァーラーナシーのホテルをバスで出発して、ガンジス河西岸の「ガート」と呼ばれる、階段状の沐浴場に向かった。駐車場でバスを降りて、中田たちは現地案内人のWとSの後ろについて、建物と建物の間の狭い場所を河に向かって降りていった。未明だというのに、ヒンドゥー教徒の沐浴と祈りは既に始まっていた。

ガンジス河流域のヴァーラーナシーは人口約130万人、3000年の歴史を持つヒンドゥー教の最大の巡礼地で、一日に6万人以上が沐浴するという。ここで沐浴すればあらゆる罪が清められるという。死者を火葬するのはマニカルニカー・ガートでこの地で荼毘(だび)に付され遺灰が河に流されると輪廻転生を断ち切り、天国に行けると信じられているという。ヒンドゥーの人々にとってガンジス河は神そのものであり、神が水の形をとって現われたものだという。沐浴して身を清め、口を濯ぐ。平らな葉の上に花を乗せ、燈明を点じて流れに放ち、亡き人の霊を祭る。朝日を礼拝すれば凡ての罪は清められ、死後は天に生まれ変わると信じられている。肉体は取り替えるが魂は永遠に生き続ける。人々は宇宙の根源である、偉大なブラフマンと合一することを願っているという。また、この聖地への巡礼を果たせなかった親戚等のために、聖なる器にガンジス河の聖水を入れて持ち帰るという。

中田たちは10人くらいずつに分かれて手漕ぎの小舟に乗ってガンジス河に浮かんだ。ガンジス河は全長2460㎞、ヒマラヤ山中に発してベンガル湾に注ぐが、ヴァーラーナシー辺りではゆっくりと流れており、遙かに対岸のようなものが見えると思ったら、中洲らしい。河幅は500mはあるらしい。中田たち一人一人に、25㎝四方ほどの木の葉が配られた。木の葉の真中には小さな蠟燭が点されていて、その回りは花片で満たされていた。5ルピー（28円くらい）であった。中田たちは木の葉を河に浮かべた。木の葉は徐々に中田たちから離れていった。物売りの小舟がすぐ回りに寄ってくる。ガートは日の出を拝めるように河の西岸だけにある。遙かに火葬の煙が見えた。火葬の撮影は厳禁とのことであった。古くから火葬を取り仕切る一族がいるという。中洲の上に太陽が小さく現れた。日の出はどこで見ても美しい。中田は手を伸ばして河の水に触れた。冷たいという感じはなかった。中田は神に触れたことになる。水は下のほうまでよく見えた。小舟に乗っての一時（ひととき）であったが、この圧倒的な水を見ていると、偉大なものを感じる気持が分かるような気がした。

聖なる水も変化しているようである。政府は川の浄化に取り組んでいるが、河が汚染され、沐浴に適した水質を保てなくなっているという。

このツアーで初めて中田は仏教の8大聖地の一つ、祇園精舎跡へ行った。今のインドのサヘート・マヘートのうちのサヘートにあたる。サヘートの仏教遺蹟は祇園精舎として日本人に親しまれているので、そう表示して話を進めたい。

祇園精舎はサーヴァッティーの長者によって、ゴータマの成道後、間もなく寄進され、それがコーサラへのゴータマの進出の端緒となった。南北約３５０ｍ、東西約２３０ｍにわたる遺跡は、１８６３年イギリスの考古学者により発掘され確認された。遺跡は基壇が掘りだされているだけであるが、インド政府が管理する史蹟公園となっており、芝で覆われ樹木が茂る広いたたずまいは、静けさが漂い、心が落ち着く。祇園精舎は初めて僧院が建てられたところだそうで、ゴータマの庵、サーリプッタの庵等主だった弟子たちの庵、沐浴場等があったという。祇園精舎での、信頼のおける弟子たちとの生活は、ゴータマにとって、心休まる日であったかもしれない、という。

インドでは雨期（6月〜9月）があり、雨期にはゴータマは定住して弟子たちと過ごしていたが、それを雨安居という。ゴータマのサーヴァッティーでの雨安居は20回以上で、ラージャガハでは10回以下と想定されるという。

この年の添乗員の一人Ｍは浄土宗の僧侶で、ツアー中、黒い袈裟を着て仏蹟での読経を欠かさなかったが、ここでは静かで広い場所がとれたせいか、中田たちは全員、Ｍの背後に坐し、般若心経をＭと共に唱和した。読経の中で、中田の背後から、チーン、チーンという小さな鐘の音が聞こえてきた。ゴータマ当時の祇園精舎には鐘はなかったそうで、平家物語によって祇園精舎の鐘は鳴り始めたのかもしれないが、金剛鈴という小さな鐘を鳴らしていたのは、ラージャガハの鷲の峰で駕籠の料金の値上げを要求された、あの、貫禄のある女性であった。女性は眼を閉じて静かに般若心経を唱えながら、チーン、チーンと小さな鐘を鳴らしていた。経は暗誦しているようであった。ゴータマを慕っての巡礼なのであろう。読経と共に鐘の音が響く、祇園精舎跡での供養は、物語の世界が出現したような錯覚を覚えた。仏教遺蹟の中では祇園精舎跡とサールナートが一番落ち着いて過ごせたように思う。

仏蹟にやってくる人々は静かで、他の宗教にある賑わいはあまりない。神や救世主に助けを求めて祈る、という姿ではない。ゴータマが祈ったということも聞かない。瞑想しているのである。

『般若心経』は日本では、サンスクリット本から直接日本語に翻訳されたものが出版されている。玄奘三蔵訳と信じられている『般若心経』の核心は、中田は「照見五蘊皆空（しょうけんごうんかいくう）」であると思うが、直接日本語に翻訳されたものによると、それは「……存在するものには五つの構成要素があると見きわめた。しかも、かれは、これらの構成要素が、その本性からいうと、実体のないものであると見抜いたのであった。」となるという。それを、「空」を漢和字典で調べて、「ウツロ」「カラ」「何もナシ」「ムナシキ義」と理解すると、「実体がない」という意味とは違ってくる。

サヘートの中心地の近くに巨大な仏像が造られつつあった。中田たちが精舎跡に留まったのは50分程で、バスに戻ってサーヴァッティーの遺跡に向かった。ゴータマ在世中のサーヴァッティーはパセーナディ王が統治していたコーサラ国の首都で、南北インドを結ぶ交通の要衝であり商業都市として栄えていた。コーサラは、当時、マガダ国と並ぶインドの強国であった。シャカ族はこのコーサラに従属していた。シャカ族の本拠地カピラヴァットゥは、サーヴァッティーの東、約１２０㎞である。ゴータマの布教はガンジス河中流域で行われたが、サーヴァッティーは、マガダのラージャガハと並んで、ゴータマの活動の二大拠点であった。５分とかからないうちに、バスはサーヴァッティーの遺跡であるマヘートに着いた。マヘートはサヘートの北東約１㎞のところにある。中田たちがここに留まったのは10分程であった。褐色の煉瓦の積み重なったところが城壁の跡であろうか。今は全くの廃墟である。ゴータマは成道後、何回か故郷カピラヴァットゥを訪れたという。サーヴァッティーとラージャガハを往来する途中、カピラヴァットゥは通過するところなのである。

幻影が中田に入ってくる。幻影がゴータマの言葉となって語り始める。

「わたくしはウルヴェーラーで理法を発見してから2年後、コーサラのサーヴァッティーに向かう途中、カピラヴァットゥに寄った。出家から8年がたち、わたくしは37歳になっていた。カピラヴァットゥに入って托鉢を始めると、懐かしいたたずまいにわたくしの心は弾んだが、わたくしの鉢を受け取って食べ物を入れてくれる者はいなかった。他の土地ではあまりなかったことであるが、どうやらわたくしは、家族を捨て故郷を捨てた逃亡者だと軽蔑されているらしい。

わたくしは或る所で一人の老人に声をかけられ家に招かれた。背筋がぴしっと伸びているその人は、昔、シャカ族の施政に関わっていて、施政者としての、わたくしの父を知っていると言ったが、わたくしはその老人を知らなかった。

『世捨人よ、食を乞うて生きる気楽な人よ。』老人は厳しい言葉でわたくしに語りかけた。

『嘘をついてはならぬ、人を傷つけてはならぬというそなたの教えは、古老もその通り説いているし、立派だ。世捨人としてはそれでよかろう。だがそれではシャカ族は生きることができない。力のないシャカ族がいかにコーサラを騙して生き残るか、それがシャカ族のまともな男の考えることだ。そなたの教えを守っていてはシャカ族は殺されるしかない。世は悪(わる)に満ちている。分かっていながら何故本当のことを教えぬ。シャカ族を皆殺しにしようと攻めてくる悪と戦わないでどうする、殺さないでどうする。』

『許されよ。世捨人に愚痴を言ってしまった。昔のシャカ族は臆病ではなかったが……。古老は言っている。勇気を失ったことは、凡てを失ったことだ、生まれなかったほうがよかっただろう、と。今、食事の用意をしている。ゆっくりされよ。』

「わたくしは雪山を見た。雪山は変わることなくわたくしを迎えてくれている。

『シッダッタ』背後に女の声がした。

『乞食(こつじき)などと水臭いことをなさいますな』下僕を連れた女が立っていた。

『わたしをお忘れとは、すっかり聖者になられましたのか。』

ヤショーダラーだとはすぐに分かったが、女は奴婢と見紛う身なりで、全く身を飾っていなかった。女が身を飾らないなど有り得ないことだ。

『おとうさまがあなたを食事にお招きしたいと、ずっとお待ちでございます。わたしがその使いを買ってでました。』」

「家ではマハープラジャーパティーも全く身を飾っていなかった。父は昔通り威厳を保っていたが、わたくしを見るなり苦笑した。

『痩せたな。ろくに食っていないようだな。ここにいる間は乞食(こつじき)などせずに存分に食え、連れの修行者もな。お前は見事なことを成し遂げたようだ。わしはお前が誇りだ。』わたくしは、乞食で生活することはわたくしたちの流儀であることを父に伝えたが、食事はありがたくいただいた。父は、わたくしがコーサラの都サーヴァッティーの郊外に精舎の寄進を受けているので、そこへ行く途中であることを告げると、黙ってしまったが、やがて切り出した。

『コーサラ王のパセーナディと会えるか？　お前と同じぐらいの歳だそうだが、バラモンに帰依していると聞いているが……』

　わたくしは、コーサラと並ぶ強国であるマガダでは、ビンビサーラ王の帰依を受け、ラージャガハの多くの人々がわたくしに帰依している、と父に伝えた。父は言った。

『シャカ族を生かすも殺すもコーサラ王の胸一つだ。』

　わたくしは理解した。コーサラ王がシャカ族に好意を持っている限り、シャカ族は攻撃されることはない。恨みを持つ者が王になると、シャカ族は危ない。父は以前、シャカ族の施政者の会議において、非常時にはコーサラと戦う、シャカ族も若者を鍛錬して備えようと提案したが、〔悲惨な戦いはしてはならない、平和が一番だ。〕という多くの声に為す術が無かったという。コーサラに攻められたらどうするのかと反論したが、〔話し合いで平和に解決する。〕という声が強く出されたという。悪（わる）は話し合う気はない、攻められて滅びた種族はいくらもいるのだと、再考を求めたが、〔誠意を持って話せば、相手も人間だから、危害を加えるようなことはしない。」という声は、終には、数を頼んだ、それ以外の意見は認めない怒声となって、会議場を包んだという。思い上がったシャカ族の偽善は悪の現実を見ないで願望を語っているにすぎない。これはシャカ族が戦う勇気を失ったのでなければ、シャカ族を分断して骨抜きにするというコーサラの懐柔が、かなり滲透していることを意味する、と父は言った。」

「わたくしがヤショーダラーに呼ばれてその部屋へ行くと、そこには養母のマハープラジャーパティーも待っていた。二人が奴婢のような身なりで、痩せているのはどういうわけか、わたくしの怪訝にヤショーダラーは答えた。

『あなたが苦行で命を落としたという噂がカピラヴァットゥに届いたのは一度や二度ではありませんでした。こちらの、あなたのおかあさまが、〔わたしたちもせめて衣食を慎んで、シッダッタの苦行を偲ぼう〕と仰有られて……』養母は俯いてしまった。わたくしは不覚にも落涙しそうになった。非情に家族を捨て天涯孤独となって、何者にも煩わされずに目的を達成しようとしたわたくしが、肉親の情に絆されるとは。

『実はあなたにお願いがあるのです。あなたのおかあさまに〔ヤショーダラーからもお願いしてほしい。〕と言われているのです。』

ヤショーダラーはわたくしに自信を持っている。わたくしの弱味を握っているとでもいうかのように。

『おかあさまは、まず、在家のままであなたに帰依したいという気持をお持ちです。わたしの気持もおかあさまと……』

ここまで言った時であった。男の子が入ってきた。わたくしはラーフラだと思った。9歳ぐらいになる筈だ。男の子は臆する色も無くわたくしの前まで来ると、明るい声ではっきりと言った。

『父上、わたしに財産をください。父上の財産をわたしに下さい。』

『おやおや、ラーフラったら、わたしが唆(そそのか)しているようではありませんか。』

言いつつもヤショーダラーの目は優しかった。ラーフラはわたくしに身を寄せてきた。わたくしはラーフラを抱き上げた。思いのほか重かった。大切に育てられているのだろう。わたくしは何も言わずラーフラを下ろした。ラーフラの温もりがわたくしに伝わった。ラーフラはマハープラジャーパティーに手を引かれて部屋を出ていった。ヤショーダラーは意外なことをわたくしに話した。

『シャカ族の人たちは、聖者となったあなたがまだ若いので、妬いているのです。あなたの声望はカピラヴァットゥに届いています。バラモンに厳しいことを言っていますが、嘘は言っていないと専らの評判です。見る人は見ているのです。シャカ族から出家する人は後を絶たないでしょう。ただ、わたしには心配なことがあるのです。』

ヤショーダラーは反応を窺うかのようにわたくしを見た。

『あなたはラーフラを出家させるのでしょうか。それは、ラーフラに望みをかけているおとうさまを打ちのめす以上に、ラーフラから幸せを奪うことにならないでしょうか。今でさえ、父を知らないラーフラは不憫ですのに。』

わたくしは先程のラーフラの言葉は9歳の子供が思い付く言葉とは思えなかった。

『女を知らないラーフラに、わたしはせめて女を知ってから出家してもらいたいのです。あなたは女を知っているから女から離れることが出来るのです。』

ヤショーダラーは断定した。そして続けた。

『ラーフラはあなたの子供ですから、出家したら、あなたの教団の後継者となることが出来るのでしょうか。それが、あなたがあの子に残す財産となるのでしょうか。』」


カピラヴァットゥから、初めてコーサラの都サーヴァッティーに入ったゴータマを迎えた者は、敵意に燃えたバラモンたちであったらしい。ガンジス河上流地域はバラモンの本拠地であり、サーヴァッティーではバラモンの勢力が根付いていた。バラモンの階級制度を否定して四姓平等を説き、「生まれによってバラモンとなるのではない。行為によってバラモンとなるのである。」と説くゴータマの名声は、次第に高まりつつあった。

四姓とは生まれながらに決まっているとバラモンが主張するもので、一番上が司祭者(バラモン)、二番目が武人(クシャトリヤ)、三番目が庶民(ヴァイシャ)、四番目が隷民(シュードラ)で、シュードラには触れてよい者と触れてはならない者とがあった。この頃、次第に力を持ってきたのは国王(クシャトリヤ)であり長者(ヴァイシャ)であった。バラモンたちはゴータマやその弟子たちに対して対決色を露にして論争を仕掛けてきたという。ゴータマは論破し、教えを説き、帰伏させたという。コーサラ王パセーナディはゴータマと同じぐらいの歳であったというから、二人は初めて会ったのは37歳頃であろうか。

増谷文雄(明治35年―昭和62年)はゴータマとパセーナディについて次のように述べている。

――二人の初見は(祇園)精舎で、ゴータマは36歳であった筈である。パセーナディは最初、ゴータマが出家してから日も浅く若いことをあげ、

「汝が最高の覚りを得たとは思えない。」と詰問した。ゴータマは答えて言った。二人はどちらも気鋭の若者であった。

「大王よ、クシャトリヤ(王族)と蛇と火と比丘は、若いからといって、小さいからと

いって、軽んじてはならない。侮ってはならない。」

ゴータマの答えを認めるならば、王の詰問はまったくその理由を失う。認めなければ、自分自身を軽んずることになる。王自身が若きクシャトリヤであるからである。王は深く頷いた。火花をちらした鋭気の問答（もんどう）は、ここにいたって、二人の心をしっかりと結びつけたようである。ブッダの帰依者となったパセーナディは、それより以後、生涯かわることのないブッダの忠実な随徒（ずいと）としてあった。

ゴータマは、パセーナディと、その妃の「自分自身よりもさらに愛（いと）しいものはない。」という告白を肯定して次のように述べた。

「……自分よりもいとしきものはあらじ　それと同じく、他の人々にも自己はこのうえもなくいとしい　されば、自己のいとしきを知るものは、他を害してはならぬ」

コーサラの人々が絶大な武力を持つ王に払う尊敬よりもゴータマに払う尊敬のほうが大きいと知ったパセーナディは、武の及ばない存在を見た。——以上、増谷文雄が述べていることである。

現生人類の心とはどのようなものなのか。本当の心を知ったら発狂する程邪悪なものなのであろうか。中田は明悠会という、地元にある、仏教の勉強会の会員であるが、同会が年に一回、会員外の参加者も募って行っている研修会で、平成24年、講師が、カトリックの神父から聞いた話として、次のように述べた。

こういう話もあります。善行を沢山した非常に徳の高いカトリックの尼さんが居ました。この尼さんがある日、神様の「尼さん、貴女は大変良い行いを沢山したので、何でも貴女が望む願いを叶えてあげましょう。」という声を聞きました。その尼さんは良いことを沢山してきて他の人からも素晴らしい尼さんだと言われ、自分でもよいと思っていましたので、自分のその心を見たいと思い、「それでは是非、私の心を見せて下さい。」とお願いしました。すると神様は「それだけは出来ない。それだけは勘弁してくれ。」と言いました。しかし、その尼さんは重ねてお願いしました。神様は困りましたが、どうしてもと余りにその尼さんが頼むので、遂にその尼さんの心を見せたのです。そうすると、何が起こったかと言いますと、その尼さんは発狂したというのです。

ゴータマが故郷を訪れたのは何回かあったらしい。その時、シャカ族から多くの人が出家している。次に主な人をあげる。このうち、アーナンダ、ウパーリ、アヌルッダ、ラーフラの4人は十大弟子の一人である。

1　アーナンダ　ゴータマの従弟で出家した時は20歳だという。25歳の時ゴータマの侍者となり、この時ゴータマ55歳か、以来25年間、侍者を勤めゴータマの死を見届けている。

2　ウパーリ　出家前は理髪師であったという。

3　アヌルッダ　ゴータマの従弟であったという。ゴータマの臨終に居合わせた。

4　ラーフラ　童子であった時、財産を要求するラーフラを、ゴータマはサーリプッタに命じて出家させたという。ゴータマを父に持つ苦労もあったろう。

5　ナンダ　スッドーダナとマハープラジャーパティーとの子。ゴータマの異母弟になる。結婚式の直後、ゴータマによって出家させられたという。

6　デーヴァダッタ　ゴータマの従弟。ゴータマから見れば異端者であった。

コーサラ王パセーナディは晩年、王位を追われ、マガダで急死したという。パセーナディに恨みを持つ、コーサラの将軍が王を股肱（ここう）の兵士から、切り離し、パセーナディの子であるヴィドゥーダバをコーサラの王にしてしまったという。このヴィドゥーダバがシャカ族を殲滅する。皆殺しである。

ゴータマの晩年のこと、コーサラ王ヴィドゥーダバはシャカ族を皆殺しにしようと、大軍を率いてカピラヴァットゥの郊外に迫った時、葉陰の疎な樹の根元に坐っているゴータマを見付け、馬から降り、敬礼して尋ねたという。

「尊師よ、この暑い時に、近くに葉陰の濃いバニヤンの樹がありますのに、何故このような葉陰の疎な樹の根元に坐っておられるのですか。」

ゴータマは答えて言ったという。

「大王よ、親族の葉陰は他のものに勝り、疎であっても涼しいのです。」

ヴィドゥーダバは親族を護ろうという意志を示している聖者を目の当たりにして立ち竦んだように動かなかった。国王の武力も権力も財力もその力を及ぼすことが出来ない人間とは、どのような人物なのか。風吹けば倒れるような、何の権勢も財力もない、痩身の、老いた沙門を前に、コーサラの最高権力者は動くことが出来なかった。（待つしかあるまい。）と思ったかどうか、ヴィドゥーダバは「引き返しましょう。」と言ってゴータマに敬礼し、軍と共にコーサラに帰ったという。

シャカ族がヴィドゥーダバに皆殺しにされたのは、ゴータマが入滅した後であった公算が大きいという。ゴータマの遺骨の一部をシャカ族も受け取ったということが事実なら、そういうことになろうか。

平成18年のツアーにおいてバスでクシーナガルに向かっている時であった。
（え？　玄奘三蔵は毒殺された？）中田は腹の中でそう呟いて、思わず後ろの席を振り返った。確かに後ろのほうで、男の声が、玄奘三蔵は毒殺された、という意味のことを言ったのである。すぐ後ろの席には、中年の、インテリ風の男性が二人いた。どちらかの人が喋ったのは間違いないと中田は思ったが、二人とも、振り返った中田に注目するでもなくバスに揺られているだけであった。中田は聞く気にもなれず、振り返っているばかりでもいられないので、前方に視線を戻した。玄奘三蔵が命懸けの求法（ぐほう）の旅の記録として残した『大唐西域記（だいとうさいいきき）』は近代、仏蹟の発見、発掘等にも大きなヒントになったそうで、それだけでも仏教に対する貢献は計り知れないものがあるという。中田は、玄奘は多くの経典を持ち帰国し、英雄のように迎えられたと聞いているので、幻聴かもしれない、と思うしかなかった。

ツアーでの最後の夜はデリーのホテルであった。翌日の、日本に発つという日、中田たちはデリーの国立博物館に行った。そこに、インドのピプラーワー遺蹟のストゥーパ基底から１９７３年インド考古調査局によって発掘された舎利容器が二つ、展示されているというのである。

階段を上がって、中田はその舎利容器が二つ納められている透明の陳列ケースの前に立った。ケースの底辺は１ｍ四方、高さが２ｍ程である。中田は息苦しい程緊張している自分に気が付いた。向かって右の壺は直径９㎝、高さ16㎝で、12の骨片が納められ、左の壺は直径７㎝、高さ９㎝で10の骨片が納められているという。ツアーの女性が携帯の鐘を鳴らし、合掌していた。ツアーのほとんどの人は合掌していた。中田はケースの端から壺を見続けた。「高が骨片が入っているだけじゃないか。何の力があるのだ。」などと言う勿れ。中田にとって、壺の中の骨片は見えないとはいえ、ゴータマの舎利と対面するのは、今日が最初で最後であろう。そう思うと畏敬というか、憧憬というか、勿体無いというか、カメラに収めても、その場を中中動けなかった。

現地案内人のＳとＷは中田たちをデリーの国際空港まで見送ってくれた。中田たちの飛行機の出発時刻は18時30分であったが、中田たちはその2時間前に空港に入った。十分時間があるということで、中田たちは一箇所にまとまって、がやがややっていたが、ふと、ガラス越しに外を見ると、ガラスに顔をくっつけるようにしてＳとＷが中田たちを見ていた。中田たちは笑顔で二人に手を振ったりした。飛行機はムンバイ経由であったが、ムンバイに着くのが遅れているということで、中田たちは待たされた。空港に着いて4時間以上が過ぎた20時30分、外の暗い中にSとWがまだ動かないでいたことに中田は気が付いた。搭乗手続きが始まり、中田たちが機内に入った時は、20時を大分過ぎていた。20時58分、中田たちの乗ったエア・インディア306便は轟音を発してインディラ・ガンディー国際空港を離陸し日本に向かった。

現地案内人のSとWが何故5時間近くも空港に留まってツアーの人達が空港を離陸するまで見届けようとしたのか、中田は後日、考えてしまった。それは、ネパールのルンビニーに予定通り着くことが出来なかったことと関係があるのではないか。

ツアーはインドのサヘート・マヘートからネパールのルンビニーにバスで向かったのであるが、その距離は120kmはある。午後5時30分頃出発したのであるから、ノンストップでもネパールの国境に着くのは夜の8時30分頃になろう。途中、橋が壊れているところがあって迂回したため、ネパールとの国境にあるインド出入国管理事務所に着いたのは、夜の10時半頃であった。サヘート・マヘートから5時間を要している。

ツアーの日程は、日本の旅行会社とインドの旅行会社が協議して、日本の旅行会社が決めたのかもしれないが、インドの事情について正確な情報を日本人に伝える責任をインド人は感じていたかもしれない。次回の営業にも響いてくる。SとWはネパール共産党毛沢東主義派の恐ろしさを知っていたのであろうか。彼等なら油断をついてツアーを襲うことは十分あり得ると考えたのだろうか。彼等は人を殺すことには何のためらいも痛みもないように見える。ツアーが襲われればツアーの人達にはどんな運命が待っているか分からない。インドの旅行会社も責任を免れることは出来ないかもしれない。SとWはツアーの人達が無事出国したことを確認するまで会社へ帰れなかったのだろうか。「確認すること」はプロの第一要訣だそうである。

第五章

中田はゴータマと現代の宗教者との乖離を感じる。現代において、教義等の名において、信者に政治活動や献金等を強要する組織が、もし、あるとするならば、それは宗教団体に値するであろうか。もっとも、ゴータマ当時も、道を汚す者はいた。Sn.89でゴータマは言う。「善く誓戒を守っているふりをして、ずうずうしくて、家門を汚し、傲慢で、いつわりをたくらみ、自制心なく、おしゃべりで、しかも、まじめそうにふるまう者――かれは〈道を汚す者〉である。」ゴータマは在家に「食べ物をくれ」と乞食したり、在家から食事の招待は受けたが、教えを説いて布施を求めたことはなかったらしい。

中田は、ゴータマを知りたいとしてSn.を読んだことは幸運であったと感じている。そしてSn.について、ゴータマについて、碩学・仏教哲学者の著作に触れたことは、幸運を倍加した。ゴータマについて、中田は彼の最後の言葉「もろもろの事象は過ぎ去るものである。怠ることなく修行を完成なさい。」が気になるのである。その中の「修行の完成」とは何をさすのか。

碩学の中にはこれは「人格の完成をさす」という人もいる。ゴータマが人類最高の人間像を示しているということは多くの人の認めるところであろう。長い求道・精進の賜物であろう。

中田は修行の完成とは、執着の消滅をさすのではないかと思う。輪廻転生からの脱却がゴータマの実践の最終目標であることをSn.ははっきりと示している。二度と母胎に宿らないということである。

何故、執着は消滅するのか。修行は完成し、輪廻転生を絶つことが出来るのか。「もろもろの事象は過ぎ去るものである」ということを遂に感得するからであろうか。凡ては過ぎ去る。――若さも過ぎ去る。健康も過ぎ去る。死も過ぎ去る。極楽往生も過ぎ去る。――執着は消滅せざるを得ないということであろうか。

Sn.743「……諸々の賢者は、執著が消滅するが故に、正しく知って、生れの消滅したことを熟知して、再び迷いの生存にもどることがない。」

〔執著(しゅうじゃく)は執着に同じ〕

ゴータマとはどのような人であったか。碩学の一人は、Sn.902をあげれば十分であるという。

Sn.902「ねがい求める者には欲念がある。はからいのあるときには、おののきがある。この世において死も生も存しない者、――かれは何を怖(おそ)れよう、何を欲しよう。」

ゴータマの微笑みは、現象の背後に何の実体もないということを知って、それらへの執着を去って、再び母胎に宿る原因が全く無くなってしまったという確信もあるのであろうか。

中田が『スッタニパータ』を学んだ、中村元、宮坂宥勝、毎田周一の三人の碩学・仏教哲学者が『スッタニパータ』について述べている自著の註・解説の中から、中田の心に残った幾つかを書いてみたい。（Sn.の訳文は中村元訳『ブッダのことば　スッタニパータ』岩波書店による。数字は註・解説が対象としているガーターの番号である。）

85（中村元）　ここの教えを釈尊が説いているのではない。「わたしが説くのだ！」とは言わない。そういう傲り高ぶった気持を彼はもっていなかった。

……かれには〈仏教〉という意識がなかったのである。

90（中村元）……（ゴータマ・ブッダは）人間としての真の道を自覚して生きることをめざし、生を終えるまで実践していたのである。

242（中村元）　霊場ガヤーで水浴することは無意味だといってヒンズー教の習俗を非難していう、「……汝が偽りを語らず、生命を害することをなさず、……与えられないものを取らず、信じて、慳（おし）みしないならば、ガヤーに行って何をする要があろうか」

249（宮坂宥勝）釈尊はバラモン教の供儀〈家畜などを神に犠（いけにえ）にささげる祭式〉祭を厳しく批判する。

360（宮坂宥勝）……占いは当時、バラモン教で行われていたものであるが、釈尊はすべて排除した。

386（中村元）仏教が最初に説かれたときには、……思慮ある人、求道者としてのブッダを考えていただけなのである。……〈仏教学〉なるものを捨ててかからなければ、『スッタニパータ』を理解することはできない。

653（中村元）縁起——因果関係のこと。

766（毎田周一）ゲーテは諦念ということが大切だといった。これは欲望の整理である。……仏教の着眼点は先づこの欲望というものの究明にある。

770（毎田周一）無欲あるいは少欲知足、これが苦悩解脱の唯一の道なりとは、この欲望の教えの教える所である。

777（毎田周一）——わがものというものが、この世にあると思っている人は、畢竟自己をこの世の中心にある支配者と錯覚しているものである。然るに世界は彼を中心としては動かぬ。……少くとも彼の……意図とは無関係の因縁の法則によって動く。……彼は……この真理の力には抗することが出来ず、……ひっくり返される。……――貪欲とはわが支配するものありとする根本的な認識の誤謬に根ざしている。

779（毎田周一）この洞窟の経の最終ガーターにおいて、仏法の極点がいい表されている。……悉皆満足の永遠の今の生があるばかりである。この真理と智慧によって、欲望・貪欲の根が絶たれてゆく。

787（毎田周一）ゲーテも根源現象が実在であって、実体を思惟することは誤謬であるといった。ここに仏教乃至ゲーテの直観的立場がある。

793（毎田周一）その人自身の見解などを振り回さず、ただ眼前の事物に直接、思想の媒介なしに、行為的直観を以て接し、又働き、処理してゆくのである。

796（毎田周一）人は結局、自分を最上のものとしたいのである。それは彼の内に働く貪欲から来ている。貪欲は遂に世界を支配し所有せんとする窮極の動向をもっている。……つまりは……思い上がりのことがいわれているのである。

800（毎田周一）……いかなる立場もなくなってしまうことを、智慧というのである。……無我の世界に立場というものはない。

802（毎田周一）……宗教の世界は……絶対的真理を求める……それは直観でしか与えられない。……思惟の入り込む余地はない。……だから釈尊には、釈尊の考え出された知識とか学問とか思想とかの片影もないと、このガーターでいわれる。……釈尊に思想がないとき、どうして仏教思想などと学者はいうのか。

803（中村元）……ここでは法（dhamma）を否定している。……教義を否定したところに仏教がある。

810（毎田周一）……キリストの……その十字架上最後の叫びこそは、持ちものを捨てて行ったのである。わが神わが神、何ぞ我れを捨てたまうや、とは全き「無」に帰せられゆくのである。

837（毎田周一）人間である以上は、有限相対なものにとりつく者である。そしてそれ故に見解とか、見方とか、考えとか、思想等にとりつくのであるが、ここに人間の根源の苦悩の原因をみられた。……そこで有限・相対な人間の見解などを一つも摑まないことにしたといわれる。そしてそこに初めて平安を、苦悩の解脱を、清浄を体験したといわれる。即ち愛欲を超脱することが出来た、自在を得たといわれる。

841（毎田周一）……釈尊は……現前の行為的直観にそのまま生きてゆくことの外に、何もないことを明かされるのである。……今ここでの、……現在瞬時の救済への徹到を知らしめんとせられる。……大慈悲そのものの釈尊のお姿がそこにあるのである。

845（毎田周一）内村鑑三氏が福音書のどこを尋ねても、キリストに戦争絶対反対とか売笑制度絶対反対とかいう言説の一片も見出されないといわれたが、釈尊も亦同様である。

846（中村元）祭祀や儀礼が宗教にとって本質的なものであるという見解に従うならば、原始仏教は宗教を否定しているということになる。

847（毎田周一）思想の破毀においてこそ、仏法の自在がある……。……仏法の智慧とは、徹頭徹尾、行為的直観によって、生活を終始することである。……真理を生きるものにとって、……迷いはない。

853（中村元）信ずることなく——自分の確かめたことだけを信ずるのである。いかなる権威者をも信ぜず、神々をさえも信じない。

872（毎田周一）……執着の中でも最も根強い我執が、特にあげられて、欲求なければ我執もないといわれる。我執こそは一切の苦の根源であるからである。

874（毎田周一）思いによって、ありとあらゆる妄想が起こるといわれる、一句こそは、仏法の真理の一句である。怖るべき、まことの一句である。……人間は思いによって無常を固定し、楽だ苦だといっているのである。その固定が妄想とされるとき、楽も苦も妄想の産物として直観知される。

894（毎田周一）……釈尊によって与えられた永遠平和の命題は只一つである。――一切の断定を捨ててしまえば、人は世間で誰とも争わないで済むのに、と。……――思いこそは妄想の根源……妄想の当体としての独断によって、いかに人はこの世を毒しているか。

902（毎田周一）……この世界は真理の世界である。無常の世界である。私の支配する世界ではないのである。……つまり無我の世界である。その一つの有力な証拠をあげよう。キリストの十字架これである。キリストは何か地上に計画を実現することが出来たか。非ずである。彼が見たものは、……わが神わが神、何ぞ我れを捨て給うや、これであった。……神が見捨てたとは、単にこの世界が真理の世界だということである。真理は客観である。「我が」神というが如き、所有格を許すものではない。キリストは十字架の上で、この「我が」をとり去られたのである。全き客観界の実現、それが「捨てたまうや」によく現れている。最後の十字架においてキリストは、実に十全に真理を認識したのである。……釈尊とはいかなる方であられしか、この問いに対して、この九〇二ガーターをあげて、もはや十分である。

907（毎田周一）仏教だけを特に優れたりとして、他と論争するならば、それこそは釈尊の最も嫌われること、……なのである。「仏教などというものは、何処にもないぞ、あるものは只、真理のみ」……後にも先にも只真理の前に跪き行かれし釈尊、その釈尊の姿を、このガーターに仰ぐべきである。

908（中村元）清浄になる。――自分自身の問題であって、他人に助けられて清浄になるのではない、というのである。徹底した自力の立場である。

936（毎田周一）無常の真理によって動かしめられ、生かされているものが、主客転倒して、その無常の真理の世界を支配しようとするのである。……世の政治家などというものを見よ。……世界を動かすことが出来ると妄言し妄動しているのを見よ。かかるものをはねかえっている魚のようだと釈尊は見られたのである。

944（中村元）すべては移り行くということの認識にもとずいて、現実に即した柔軟性に富んだ実践原理が成立するのである。人生の指針として、こんなすばらしいことがまたとあるだろうか！　人間のよりどころであり、人間を人間のあるべきすがたにたもつものであるという意味で、原始仏教ではそれを法（ダルマ）と呼んだ。仏はその〈法〉を見た人であり、仏教はその〈法〉を明らかにするものである（だから「仏法」ともいう）。その法は、民族や時代の差を超え、さらに諸宗教の区別をも超えて、実現さるべきものなのである。

951（毎田周一）……釈尊の法というものはない。……釈尊にとってあったものは、私のない宇宙の大法のみであったのである。又人のものもない、例えばキリストの法、基督教などというものはない。キリストにとっても、あったものはただ客観的な世界の法・真理であったのである。

私は仏教徒だ、私は基督教徒だということも、無意味なことである。宇宙の真理の使徒があるだけである。仏教と基督教とを比較してその特質を明かそうとする……形式的思考の愚かさを見るべきである。

953（中村元）……いわゆる宗教的功徳のある行為も行わないのである。

967（毎田周一）……唯与えられるものによって生きてゆくこと、……布施によってのみ生きてゆくこと、……与えられるか否かは、全く相手の自由意志に任されたることである。

970（毎田周一）――ヘーゲルが「真理は具体的である」といったのを受けていうならば慈悲は具体的である。……具体的にして懇切極まる釈尊の慈悲をまざまざと感得する経が、この第四章の最後に、結びとしておかれているのである。このスッタ・ニパータの作者・編者の心憎きばかりの行き届いた、心遣いをここにみるのである。

1061（中村元）この文章から見るかぎり、安らぎを実現するために学ぶことがニルヴァーナであり、ニルヴァーナとは学びつつ（実践しつつ）あることにほかならない。

1064（中村元）ここでは、徹底した〈自力〉の立場が表明されている。仏は、人々を救うことができないのである。

1069（中村元）……ここでは、他人の権威にたよったり、教義にたよったりすることを否定しているのである。これは偶像破壊の精神に通ずる。

1070（中村元）ニルヴァーナというものは、固定した境地ではなくて〈動くもの〉である。

1086（宮坂宥勝）……アートマンの存在を前提とした我執を退けるために渇望をまず捨てる釈尊の立場では、それがまず不死なるものであり、安らぎへの道（＝涅槃道）である。ウパニシャッドでアートマンを超え不死なるものと説くのとは対照的である。

1137（中村元）この文から見ると、ニルヴァーナは即時に体得されると考えていたのである。

1146（中村元）信仰を捨て去れ——最初期の仏教は〈信仰〉なるものを説かなかった。何となれば、信ずべき教義もなかったし、信ずべき相手の人格もなかったからである。

1147（中村元）……最初期の仏教では、或る場合には、教義を信ずることという意味の信仰は説かなかったが、教えを聞いて心が澄むという意味の信は、これを説いていたのである。

1149（中村元）最初期の仏教のめざすことは、このように確信を得ることであった。

「わたくしは生きたのだ　友よ　死を恐れるな」ゴータマの声であろうか。

黙禱　令和4年（2022年）7月8日、安倍元首相は、奈良市で暗殺された。享年67。

今となっては、中田には、元首相のあの言葉（ロゴス）は最も言いたかった言葉のように聞こえる。

「台湾有事は日本有事」

完

参考資料

『ブッダのことば　スッタニパータ』訳者　中村元　２００２年　岩波書店
『ブッダの教え　スッタニパータ』訳者　宮坂宥勝　２００２年　法藏館
『釈尊にまのあたり　スッタ・ニパータ第一・四章』著者　毎田周一　１９９６年　明悠会内毎田周一撰集刊行会
『中村元選集（決定版）第11巻　ゴータマ・ブッダⅠ　原始仏教Ⅰ』著者　中村元　１９９２年　春秋社
『中村元選集（決定版）第12巻　ゴータマ・ブッダⅡ　原始仏教Ⅱ』著者　中村元　１９９２年　春秋社
『ブッダ最後の旅――大パリニッバーナ経――』訳者　中村元　１９８０年　岩波書店
『新編　ブッダの世界』編著者　中村元　著者　奈良康明　佐藤良純　撮影者　丸山勇　２０００年　学習研究社
『毎田周一　全集　第一巻』著者　毎田周一　１９７０年　海雲洞内毎田周一全集刊行会
『増谷文雄名著選　この人を見よ　ブッダ・ゴータマの生涯　ブッダ・ゴータマの弟子たち』著者　増谷文雄　２００６年　佼成出版社
『犀の角たち』著者　佐々木閑　２００６年　大蔵出版

『般若心経　金剛般若経』訳註者　中村元　紀野一義　１９６０年　岩波書店
『インドの佛蹟　大唐西域記の旅』著者　高田好胤　１９９０年　講談社
『ビッグバン宇宙論　下』サイモン・シン　青木薫訳　２００６年　新潮社
『宇宙も終わる』著者　竹内均　１９９５年　大和書房
『眠れなくなる宇宙のはなし』著者　佐藤勝彦　２００８年　宝島社
『東京裁判で真実は裁かれたのか？　パール判事の日本無罪論（判決書第四部）を現代に問う』著者　都築陽太郎　２０１８年　飛鳥新社
『大日本百科事典　ジャポニカ―２』１９６８年　小学館
『正論』産経新聞社
ウィキペディア

〈著者紹介〉

黒坂 和雄（くろさか かずお）

一九四〇年　長野県に生まれる
一九五八年　長野県長野工業高等学校機械科卒業
二〇〇〇年　長野県職員を定年退職
二〇〇一年　仏教四大聖地巡りのツアーに参加
二〇〇六年　釈尊七大仏跡巡礼の旅に参加
二〇一二年　『ブッダの闘い』紙書籍　文芸社　絶版
二〇一五年　『ブッダの闘い』電子書籍　オーディオブック　22世紀アート
二〇一八年　『FIGHTING OF BUDDHA』紙書籍　電子書籍　オーディオブック　22世紀アート
二〇二一年　『パール判事「東京裁判不同意判決書第四部」を読む―日本を死に追いやる「東京裁判」という病』電子書籍　プリントオンデマンド　紙書籍（二〇二二年）22世紀アート

ブッダの微笑(ほほえ)み

2023年2月15日　第1刷発行

著　者　　黒坂 和雄
発行人　　久保田貴幸

発行元　　株式会社 幻冬舎メディアコンサルティング
〒151-0051　東京都渋谷区千駄ヶ谷4-9-7
電話　03-5411-6440(編集)

発売元　　株式会社 幻冬舎
〒151-0051　東京都渋谷区千駄ヶ谷4-9-7
電話　03-5411-6222(営業)

印刷・製本　中央精版印刷株式会社

装　丁　　都築 陽

検印廃止

ISBN 978-4-344-94391-9　C0093
幻冬舎メディアコンサルティング HP
https://www.gentosha-mc.com/